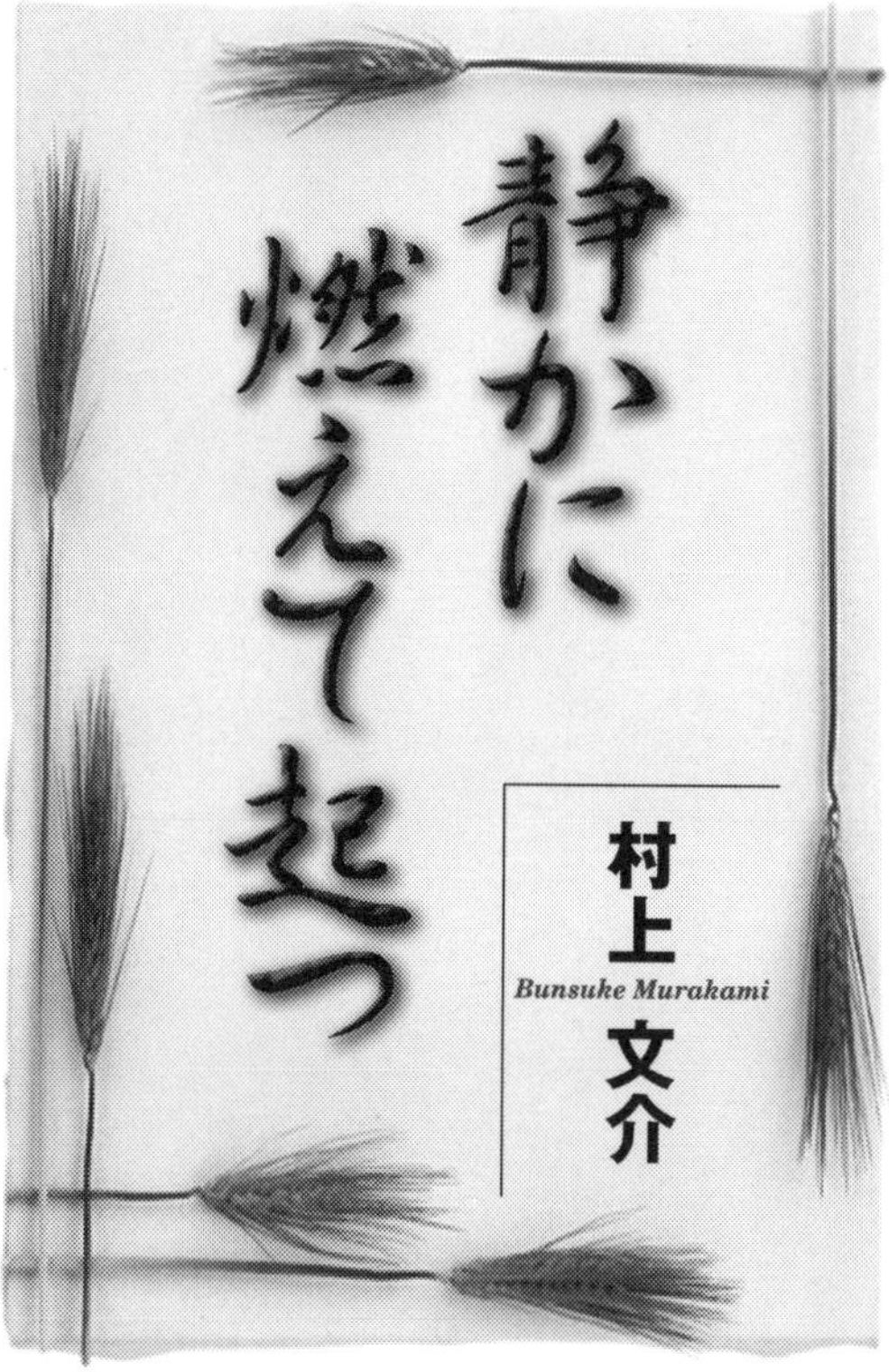

文芸社

もくじ

一　青い麦畑　6

二　セピア色になずむ幼き日々　9

疎開・哀しき別れ　9

父と母・天と地と　19

細工は流々・俺が勝つ　25

思いやり・芽生え　28

興味津々・新しい世界　35

俺も男だ・意地っ張り　41

三　コーヒー色のほろ苦き青春　48

忘れな草・校庭の片隅に　48

ガキ仲間・夢破れ　51

明日になれば・一歩でも前へ　55

四　青雲の志　61

新世界・ジャンジャン横丁　61

女学生・惜別　63
北国行き・哀愁列車　70
願望・シャボン玉のように　74
五　白き情熱　86
無我夢中・為せば成る　86
望郷の唄・何故か懐かしく　91
心の支え・父の死　96
六　桃色のカーテンのある窓辺　101
七　赤い気炎　108
静かに燃えて・便利屋稼業　108
仕事人間・八面六臂　123
一息ついて・まず一献　128
八　銀色の霧の向こうに　132
有為転変・積年の病弊　132
峠道・男の更年期　143
酒よ・京料理　152

やすらかに・母の最期　155
総決算・店じまい　159
旅の終わりに・為すべきことありて　162

九　虹のかけ橋　169
社会の掟・紳士な人々　169
ああ高校時代・明日を語ろう　172
竹馬の友・気になる木はどこへ　174
北国の女・美しく生きて　176
兄弟仁義・荒波越えて　181
家族・明日に続く　185

十　あかね雲　193

一　青い麦畑

少し冷たいけれど、爽やかな風が、小麦畑を通り抜けていた。

やっと穂を持ち始めた青い麦が、心地よさそうに初夏の風になびいている。

麦畑は、小学校と中学校が並んで立つ校舎の東の通用門側に沿って広がっている。いつもなら、学童たちのにぎやかに騒ぐ声が聞こえてくる昼下がりの時間であるが、休日のせいもあって、あたりはしんと静まり返っていた。

比呂志が小学三年生のある日曜日に、担任の久保先生が日直だというので学校へ遊びに来た、その帰りであった。

麦畑の畦を通りながら比呂志は、青い麦穂をじっと眺めていた。比呂志は、麦畑、さしずめこの時期の青い麦穂が好きであった。その緑は若々しく爽やかで、その穂先はまっすぐに天空を指して、夢に向かって突き進むかのようであり、勇気を与えてくれるような気がするからである。

ある冬の朝に、麦畑で農家の親子が「イチニ、イチニ」と調子をとるように、まだ芽が出たばかりの麦を踏んでいる光景を見て、久保先生に、

「何であんなことしているの、麦が踏みにじられているようだけど大丈夫なの？」と比呂志が問うと、

「あれはね、麦踏みといって麦が丈夫に育つように鍛えているのよ。ひょろひょろっと伸びるのを抑えて、しっかり根づくようにって。その点から言えば、麦踏みは人間の鍛錬に似ているところがあるみたいね」と教わったことがある。その話が、比呂志の青い麦穂に対するイメージに影響したのかもしれない。

その後、日本では土壌も品種も改良され、麦踏みは殆どしなくなって、あの思い出の情景も見ることができなくなったようである。

初夏、麦穂が黄金色に輝いてくると「麦秋《ばくしゅう》」と呼ばれる収穫の時期に入るのであるが、その頃になると比呂志は、学校の帰り道、麦の茎を切って麦笛にして鳴らしたものである。

麦笛の郷愁を誘う音色は、比呂志の胸にやさしく響いていた。

小学校への通学経路は、普段は商店街を通り抜けて左折し、中学校の校舎沿いを行き正門をくぐって教室に入るのであるが、麦の穂が出る時期には商店街を途中で折れ、農家の裏庭を横切って麦畑の畦道《あぜみち》を通り、正門の反対側にある通用門から校舎に入っていく。それが比呂志の小学校高学年からの通学パターンとなっていた。

子供の頃の比呂志にとって、麦畑に青い穂のつくこの季節が、一番潑剌としていたのではないかと思えるのである。それは漠然としてではあるが、将来への夢を描き始めた少年の心意気の原点であり、故郷のない比呂志にとって、育ち盛りを過ごした地の原風景でもあった。

寒き朝　共に踏みては　麦と子に　強く育てと　母なる願い
校庭の　垣の向こうで　背伸びする　青い麦穂に　薫風さやか

二　セピア色になずむ幼き日々

疎開・哀しき別れ

平城山比呂志は、太平洋戦争さ中の昭和十七年十一月、大阪市住吉区の松虫通りの通称「聖天山」で、平城山家の次男として生まれた。

大阪には、天保山や茶臼山など、山とは名ばかりの小高い丘陵地に、××山とついた地名があるが、聖天山もその一つである。当時はそんなに高いビルもなく、ここから市内を一望できたものである。

聖天山には大聖喜天を祀る聖天神社と正円寺があり、その境内の一角に比呂志の生家があった。

屋敷には百坪余りの庭があって、松・槙《まき》などの常緑樹や梅・桃・桜・百日紅《さるすべり》・楓など、四季の移ろいを彩る木々が繁っていた。裏門には、蔦木が蔓を伸ばしてアーチ門を形づくっていたが、そこに近くで巣作っていたのであろう白蛇が時折ぶらさがっていて、これは神のお使いだということで追い払いもできず出入りに困ったと、比呂志は母から聞いたことがある。

また兄の芳久仁や姉の董子は、境内や参道の石段付近で追いかけっこをして、時には勢い余って下の聖天坂まで転げ落ちそうになったなどと、当時を懐かしく思い出しては話しているのを聞いたこともあった。だが、満二歳の誕生日を迎える前にこの地を離れた比呂志には、この生地の記憶は全くない。

いつか、屋敷の庭で灯籠にもたれて立つ兄・芳久仁の写真を見たことがあったが、生家を見たのは、後にも先にもこの写真一度きりである。

時、折しも昭和十九年の春、米軍は日本本土への空襲を開始し、いよいよ大阪にも集中攻撃があるとの情報が飛び交い、人々は不安にかられていた。

こんな中、どのようないきさつがあったのか比呂志には知る由もないが、この年の九月に平城山家は大阪府の郡部へ疎開することになる。疎開先は、阿倍野橋から大鉄電車に乗って二十分程南下し、大和川を越えた布引村というところであった。

当時は、大阪市内でも田畑が点在していたが、大和川を越えるとあたり一面が田畑で、その中を電車が走り抜けていくのである。田圃《たんぼ》は稲穂を付け始めた頃で、緑の敷物を敷いたような景色であった。

幼い比呂志は一度母に連れられて、疎開先である布引村に新しい家の下見に行ったらしいが、母の言によると「比呂志は、こんな所に自分の住む家があるのだろうかと、不安げな顔をして車窓を眺めていた」とのことである。

疎開先の住居は布引駅から大人の足で徒歩三分と近かったが、子供の比呂志にとって駅からの遠近は関係ないことであった。

引っ越し先の新しい家は四軒つづきの奥から二軒目で、その家の前には大きな屋敷の土塀があった。

まもなく一家は布引村に引っ越し、そこでの生活が始まったのである。

前の家と比べて部屋は三つしかなくて狭苦しい、とは家族の皆が思っていたことであるが、それを口に出して言う者はいなかった。とにかく空襲の恐怖からのがれて、安穏な生活ができるとの期待の方が大きかったからに違いない。

この頃、二歳になっていた比呂志の脳裏に強く残っていることがある。

その時比呂志は、母の背で気持ちよく眠っていた筈である。突然、その快い寝床であった母の背が前後に大きく動き出し、眠気が一気に覚めて、畑と何やら石ころのようなものが近くに遠くに揺れながら比呂志の視界に入ってくる。何度かその動作が続いて目が慣れてくると、何のことはない、農家の人が掘り起こした後の畑に残った小さなジャガイモを、比呂志を背中に負った母が拾っているのである。

比呂志がジャガイモを見るのはこれが初めてではなかった。ジャガイモは母が蒸してすり潰して食べさせてくれたことがある。それは比呂志には、とてもおいしいものだとの思いがあった。

二歳の子がどこまで理解していたかは分からないが、始めはゆらゆら揺られて驚いた様子だったけれど、比呂志は何事が起こったのか悟ったように、泣きわめきはしなかった。

きっと、後であのおいしいものが食べられると思ったせいに違いない。

その頃から、「比呂志は手のかからない子」だと言われていたらしいが、逆に言うと子供らしくない子供であったのかもしれない。

掘りあとの　捨て芋拾う　母の背で　揺られて縋《すが》り　じっと我慢の子

これも布引村に引っ越して、まもなくの夜のことである。

近所の人など大勢の人々が近くの西除川の堤防に立って、皆が一斉にかなたの夜空を見上げていた。それは北の方、つまり大阪市内の方角にあたるが、空一面が真っ赤に燃えているような光景が比呂志の目に飛び込んできたのである。比呂志は一瞬火事なのかと思っていたが、米軍の夜間空襲ということであった。

「うちの家（比呂志の生家）が燃えているのかもしれないな」と、そばにいた兄がつぶやいた。空の赤い色がだんだんと広がっていくのを見て、こちらまでやって来そうな恐怖感に襲われ、まだヨチヨチ歩きの比呂志は、「早く帰ろうよ」と母の袖を引っ張って、逃げるように家に帰ったものである。

また、こんなこともあった。それは、確か比呂志が小学校二年生の時である。昼過ぎに学校から帰り、家の前の床几に腰かけて母に今日学校であった出来事を話していた時のことだった。

突然、頭の上からグアーンと、家をも揺るがすような轟音が聞こえてきたのである。空を見上げると、とてつもなく大きくて黒い物体が爆音のような響きとともに、我が家に襲いかかるかのごとく、屋根すれすれに飛んでくるのが目に入った。比呂志は、思わず身を竦《すく》めたが、その物体はそのままかなたに行ってしまった。

「ああ、びっくりした。怖かったな」

「あれは朝鮮で戦争が始まっていて、その攻撃に参加したB29爆撃機が、アメリカ軍の伊丹基地に帰還するところと違うかな」との母の説明に、比呂志は大阪から疎開してまもなくの夜に見た北の空が空襲で燃えさかっている、あの赤い情景を思い出した。

「あんなにでっかい飛行機が何十機も来て無抵抗な街を爆撃されたら、ひとたまりもないなあ。街が焼け野原になるのは当たり前や」と変に納得したものである。

いつも見る飛行機はもっと上空を飛んでいたし、爆音も小さかった。先程の飛行機は超低空飛行のせいで、爆音もすさまじく、機体もやけに大きく不気味に見えた。戦争の終わった筈の日本の上空で、戦勝国のおごりか、パイロットのルールを無視したような爆撃機の低空飛行のせいであったに違いない。

比呂志は子供心に、乱暴な敵機アメリカの飛行士だと憎々しく捉えていた。

北の空　夜目にも赤く　染まりしは　敵機夜襲で　炎上の街か
屋根上を　爆音轟かせ　飛来する　黒きB29に　身をすくめ見る

一瞬にして街を焦土と化すような米軍の空襲。さらに、戦争が激しくなって食料が不足し、農家から作物の残り物を拾うように貰う母の生活力。空襲警報が鳴る度に家の前にあった防空壕に逃げ込んだこと。敗戦国とはいえど日本の上空を、我がもの顔に航行するアメリカ軍の爆撃機。それらが比呂志にとって「戦争にまつわる数少ない思い出」である。

大人にとっては、ひもじい食生活など敗戦国ならではのつらいことも、その昔を知らないで目の前の現実がすべてである比呂志の世代では、これらの思い出も戦争にまつわるものとは言えないのかもしれない。

しかし比呂志には、どうしても忘れられない哀しい思い出がある。

話しは少しさかのぼるが、小学校に入る前の年の六月のある日のことであった。

近所の自治連合会長の息子が、

「あのな、外国で抑留されていた兵隊がこの村に帰って来るらしいで。その中に平城山なんとかの名前もあったから、多分お前とこの人とちゃうかな？　ひょっとして今夜引き揚げてくる人の中に入っているかも……」と比呂志に言った。

それは時間的には夜の八時頃だった筈である。家から歩いて二分程の西除川にかかる布引橋の袂にある、伊藤履物店と看板のあがった下駄屋の前まで比呂志がやって来た時は、既に橋の向こうにトラックが停まっていた。

やがて中から大きなリュックを背負った軍服姿の人が五、六人降りてきて、出迎えの人から何やら説明を受けていた。そのあと軍服姿の人は、それぞれの方向へ歩き出した。

比呂志が路地の曲がり角から家の方を見ると、軍服姿の人が比呂志の家の前に立っていて、少し躊躇した後、思い切るように比呂志の家に入っていった。その人が父の弟の菊蔵という人であった。

後の兄の言によると、その日の叔父の帰還は家族の誰もが知らなかった。突然、玄関に叔父が立っているので、皆一様に驚いたというのである。いつか家族で、この話をしたとき、比呂志の記憶は間違っていると言われたが……。

菊蔵叔父さんはシベリアで抑留されていたという。極寒地での収容所生活の厳しさなどを繰り返し話していたが、しばらく家にいたあと身の回りを整理すると、自分の住居を見つけて出ていった。

その後、菊蔵叔父さんは、高等商業学校を出ていたお陰ですぐに大阪市役所に就職できたと、父のところに報告に来た。これで安住の生活が約束されて、戦争の傷あとも少しずつ癒えていくだろうと父たちは安堵していた。

ところが極寒地での厳しい抑留生活がたたってか、肺結核や肝臓、それに胆嚢炎などの病に冒されていることが分かって、病院に入院することになった。

しばらく療養したが快気に向かう気配もなくて、大阪市大病院や桃山病院など数カ所を転院したが、病状はさらに悪化の一途を辿っていった。

比呂志は父に連れられ何度も見舞いに行った。その度に菊蔵叔父さんは戦争の体験談や、応召前に自分は材木商を営んでいたことや、また時には自分のものの考え方なども話してくれた。

さらに自分は商業学校を出ているが、技術的なことにも興味があって、何件か特許申請もしているとかの興味深い話もしてくれた。

ある時、「やりたいことがいっぱいあるのに、身体がいうことをきかない」と話している菊蔵叔父さんの目に、涙が滲んでいるのを見たことがあった。

それから、半年程経って、突然菊蔵叔父さんが亡くなったとの知らせがあった。こっそり病院を抜けて、なんと熊本で終焉を迎えたということである。シベリアの抑留生活から帰還後六年、四十一歳の若さでの死であった。

ただ、その死がなぜ熊本なのか？　は、その後も謎のままである。

比呂志にとって菊蔵叔父さんは、よく話もしてくれたし、将来何になりたいのか応援してやるぞとか、とにかく話がおもしろくてやさしかった。また、本はできるだけたくさん読んだ方がいいとも言っていた。そんなこともあって、親類の人たちの中で一番性分が合っていた気がしていた。

比呂志は、「やりたいことがいっぱいある」のに病魔に勝てず短い生涯に終わった菊蔵叔父さんが、かわいそうで仕方なかった。

兵役のあと　病みて己が夢　うたかたに　不毛の歳月　誰ぞ返せん

これらの戦争にまつわる出来事が、比呂志の生き方にどのように影響したか分からないが、とにかく小学校入学までの比呂志は、おとなしく行儀のよい子であった。

やがて小学校に入学する時期になってきたが、当時は入学に備えて勉強することなどなかったし、近所では幼稚園に行く子供さえいなかった。

両親は小学校の入学にあたり新しいランドセルや筆箱・筆記用具など、一応のものを揃えて準備してくれたが、比呂志にとっては小学校へ入る年齢になったから学校へ行く、それだけのことで特別な感慨はなかった。

父と母・天と地と

比呂志は、父・憲蔵三十八歳、母・志津子三十二歳の時の子である。

子供の頃の比呂志から見た父と母は、好対照の存在であった。

父・憲蔵は明治三十七年に神戸の御影村で生まれた。その母方の実家、村上家は江戸期享和時代から酒樽屋を五代続けている商家であった。生家の近辺は灘五郷と呼ばれる酒造りの中心地であり、東灘・中灘、西宮など手広く酒樽の製造販売をしていたようで、憲蔵は周辺では「村上のボン」と呼ばれていた。

酒樽と一口に言っても酒造りの工程によって、大桶・漬桶・揺桶・踏桶・蓮桶・荷桶・半切桶・枝桶・暖気樽などと使い分けられ、用途はもちろんであるが大きさや形も異なるいろんな桶・樽がある。中でも大桶は三十三石、一升瓶にして三千三百本分の酒の貯蔵や、もろみの仕込みをする中心的な親桶なのである。

手広くやっていた酒樽屋も憲蔵の父・清太郎の代、つまり比呂志の祖父の代になって衰退し始める。清太郎は妻・久子の実家の酒樽造りという家業を継ぐのが厭《いや》で、取り仕切り一切を番頭にまかせ、自身は茶道や華道に没頭していた。父の家筋は江戸時代から今の兵庫地区で代々師範を勤めていたとあるが、これも祖父の代でぷっつりと切れることになったのである。

当時の茶道や華道は道楽稼業であり、かなりの金をつぎ込んでいたし、人任せにしていた本業の経営も、気づいた時は手の打ちようもない事態になっていた。

結局、後継者の問題もあって酒樽屋は廃業した。当時はまだ多大な財産を残していたらしいが、村上家の直系は断絶したことになっている。だが、その経緯を記したものは見当たらない。比呂志には、この顚末が不可解に思える。

当時は子供であった比呂志の父・憲蔵が、その終末にどのように関わったのかは分からないが、とにかく本業に熱心でなかった父・清太郎を見ていた憲蔵は、心証的に理解しがたい部分もあって人間不信に陥った時期もあったようである。

その影響もあってか日蓮上人の教典に共鳴し、山梨・静岡から近畿・中国・四国そして九州各地の日蓮宗の寺を修行のため行脚《あんぎゃ》し、極限の中で先人の教えを乞い、また多くの人々と接することで了見を広めるなど精神修養に努めた。この修行行脚は、往詣帳によると昭和八年二月から昭和十年十月までの二年半、往詣寺も二百五十六カ寺に及んでいる。

家の仏壇には往詣帳とともに、父の汗と祈りのこもった太くて大きな数珠《じゅず》が残っている。

憲蔵が勤めに出るようになったのは、修行行脚を終えた翌年の昭和十一年、三十二歳の時である。勤め先は大阪の郵政局であった。

比呂志が父から教えられたことは、人の世は「因果応報」であり「世のため人のため善行を尽くせ」であった。但し、このことは結果を期待してはいけない、口に出さずに自分の信念として行動することであるとも言っていた。これはきっと身近に父・清太郎を見てきて、また修行の中で多くの人たちと接してきて信念のように感じていたことなのであろう。しかし比呂志にとって、それは人生の後半になってやっと分かり得たもので、子供には理解しがたいものであった。

こんなこともあった。

隣家の健夫と二人で蛙を捕まえてきては、お尻から麦藁を突っ込んで息を吹き込み、蛙のお腹を膨らませて遊んでいた。それが父に見つかって、「これこれ、殺生してはいけないぞ」と叱られた。この「殺生はするな！」も、「因果応報」と並んで父の決まり文句であった。

比呂志には殺生のこと以外で、父に叱られた記憶は殆どないのである。

また比呂志が「お腹が痛い」と言うと、父は決まって比呂志を仏壇の前に座らせて、きっと修行行脚の時に携えたのであろう、大きく長い数珠を取り出して比呂志のお腹を撫でながら「南無妙法蓮華経……」と唱え始めるのである。何となく有り難みがあって、そのうち不思議なように腹痛も治まっていた。

比呂志にとって父の印象は何でも自由にさせてくれて、それでもちゃんと見守ってくれているやさしい父親であり、比呂志には大きな心の支えであった。


母・志津子は、憲蔵との結婚前は大阪の浪速区日本橋に住んでいた。憲蔵とは両家に縁のある人からの引き合いで、所帯を持つことになったようである。

やさしい親父に対して、志津子はしつけに厳しい母であった。

どちらかというと気丈な性格の志津子にとって、小学校へ通いだした頃の比呂志は、何となく「お人好しで引っ込み思案で、男の子らしくない子」と捉えられていた。

表通りの道に沿って一メートル幅程の溝があった。春先のこと、比呂志がよそ見しながら歩いていて、その溝にはまったことがある。泥だらけになって帰ってきた息子を見て、母は何と情けないと思ったのであろう。

「ボヤッとしているからや。はがゆい子やな」と言いつつ、比呂志を家の前の井戸端につれてくるや、井戸から水を汲み上げると桶の水をいきなり頭から浴びせた。

この時期の水はとても冷たかった。それだけに比呂志はコンチクショーと思いつつも、二度とこんな仕打ちにあうまいと、心の中で誓っていたものである。言い訳も何もさせない問答無用のやり方であったが、比呂志にはよく効いた。

また遊び仲間と喧嘩して、殴られて瞼を腫らして帰った時など、

「喧嘩といえども二人がかりとは卑怯や。お前が悪くないのなら相手をもう一度殴ってくる気を持て」と追い出された。喧嘩の最中に敵は二つ上の兄が荷担してきた、それで半分逃げ帰ったのである。仕方なく喧嘩相手の家に行って弟を表に呼び出し、顔にげんこつを一発食らわして帰ってくると、

「お前は自分から他人に向かって悪いことを仕掛ける子でないのは、お母ちゃんがよく分かっている」と言った。だから正しいと思うならトコトン戦えという気概を母は教えてい

たのである。

母は勝ち気なだけではもちろんなかった。

毎朝、学校へ行く前には忘れ物はないかなど、必ず母のチェックが入った。いつも決まってする忘れ物がひとつある。鉛筆は削ってあるか？ と前の夜に聞かれているのに、ちびたまま筆箱に収まっている。学校へ行く時間が迫っているのに、「何で前もって言わないの」と言いながら、台所から包丁を取り出しては鉛筆を削ってくれる。そして熱はないかと額に手をあて、舌を出させては荒れ具合を診るなどの体調の確認も毎朝のことであった。

こんなことで学校へは時間ぎりぎりに出かけるので、いつも駆け足であった。

また母は、夜、比呂志たちが床に就くと、そばに座ってよく本を読んでくれた。小川未明の『ある夜の星たちの話』『幸福に暮らした二人』や、久保田万太郎の『北風のくれたテーブルかけ』『ロビンのおぢいさま』など、少年文学集の一節を毎日のように読んでくれた。それを子守歌のように心地よく聞きながら、比呂志たちは眠りにつくのである。

やがて比呂志は好んで本を読むようになるが、母のこの語り読みが大きく影響しているように思われる。

比呂志がいつから実感したか定かではないが、父と母では、心の持ち方や日常の取り組み方が違うことを認識していた。だが、表向きの違いは多分、持って生まれた性格や生活環境の相違からくるものであって、「人間として現実を真正面から見つめて、どんな時も自分に正直であれ」という点では同じであったから、戸惑うことはなかった。

ただ子供の悪知恵とまではいかないが、相談ごとは比呂志なりに時と内容によって、父と母の使い分けをしていた。

数珠持ちて　腹痛の吾　正座させ　経を唱えて　気を込める父
泥まみれ　溝にはまって　帰る吾　頭から水かけ　気も洗う母

細工は流々・俺が勝つ

大阪から疎開してきた比呂志らに対して、近所の子らは、「町の子とは遊ばないよ」と言うこともあったが、比呂志はそれに動じることもなかった。それどころか、そんなことを言われながら、人に頼まれるといやな顔もせず、何でも手伝ってやったりしていた。だから、気性の勝った母には「お前はお人よし！」と、よく言われていた。

一方で、近所の子らの動きを見ていて、常に「俺ならこうするのになあ」と思うことがあっても、その場では黙っていて、何事かあったときにまとめて言うことが多かった。そしてそれは相手を十分納得させるところがあったので、一目置かれる部分は持っていたようである。

比呂志が幼少の頃の男の子の遊びといえば、バイ（ベーゴマ）に、べったん（メンコ）、ビー玉であった。中でもベーゴマは、リンゴ箱に張った帆布シートの上で、互いに回転力をつけられたベーゴマ同士が弾《はじ》き合うゲームで、敵のベーゴマをシートの外へほうり出したら勝ちとなるのであるが、比呂志は最初の頃、ベーゴマ遊びで負けてばかりいた。

ベーゴマは一個五円もしたから、負けてしまえばその日の小遣い分が飛んでしまう。だから、どうしても勝ちたかった。

どうしたら勝てるのか、シートへの投入角度を変えたり、回転方向を反対にしたりの工夫を懲らすなど、策を講じても負けが続いた。

何日もかかって、やっと比呂志の工夫が実を結ぶことになる。それは、「鉄の駒が回転して接触し相手を弾くのであるから、重くて重心の低い方が有利である」これが、強いベーゴマにする条件であることが分かった。

比呂志はそんな理屈を自分で考え、ベーゴマを石やヤスリで擦って薄くし、半田ゴテで溶かした鉛を埋め込んだ。そして上から蠟で着色すると、相手に細工を分からせずにあの強いベーゴマができたのである。

隣家の一つ年上の健夫は、赤や青に黄や緑などの上面を着色したベーゴマを数多く持っていて、それを自慢げに見せびらかすようにしていたが、比呂志には強いものが二、三個もあれば十分であった。比呂志は、「細工は流々」の強いベーゴマを持っているから、勝つのは当然であり、余裕を持っていた。それをおくびにも表情にも出さずに勝負するのである。

勝てば戦利品として敵のベーゴマを貰うルールになっていたが、それを貰おうなどと思いはしなかった。思いやりというより、ちゃらちゃらした色の、しかも弱いものなど欲しくはなかったからである。

比呂志の一見弱そうなのに余裕をもった態度を見て、ガキ大将はちょっと警戒してか、あまり近寄ってこなかった。

遊びとて　負けてなるかよ　ベーゴマの　細工はしかと　俺が勝つなり

思いやり・芽生え

小学校の大きな行事としては、春の入学式と卒業式のセレモニーは別として、秋に開催される学芸会と運動会がメインイベントである。比呂志は学芸会において、一年生の時はオモチャのマーチの兵隊役を、二年生の時は花咲爺さんの殿様役を割り当てられた。なぜ比呂志が、学芸会でこんな良い役を貰えたか自分でも分からない。多分、学級委員をしていたからではないか、それしか思い浮かばない。学校の行事でありながら父兄に費用面で負担がかかる。そんな批判も出始めていたし、ＰＴＡの役員や名士など金持ちの子供が良い役を貰うなどのやっかみ的意見もあったようである。先生たちは、そんな批判があるのを承知しながら、できるだけ文句の出ない人選をと苦心していたようであり、そんな配慮から比呂志に役がまわってきた気がした。

比呂志は先生の期待に応えて、舞台に立ってもあがることなくそつなくこなした。兵隊役の衣装は学生服で、金紙で作った三角帽をかぶり、腰には銀紙で作った剣をさし、学生服のズボンの両側に赤いモールを貼り付けるのである。

練習の時は飾りつけなどないが、比呂志は膝につぎのあたったズボンをはいていて、膝を折り曲げて前に突き出す踊りの場面では、何となく恥ずかしい気がしていた。それというのも、当時は皆、貧乏の時代ではあったが、学芸会に出られるということで、練習の時から新しい服を着てくる子が半数（四人）もいたからである。しかし比呂志も本番には、新しい学生服を母が用意してくれて、それに飾りつけがされると衣装も映えて嬉しい気分であった。

殿様役の時は、羽織・袴・裃《かみしも》・刀・陣笠のいでたちであったが、よりお殿様らしくということで、裃だけは紙で作った手製のものを使うが、その他の衣装類は担任の先生の計らいで、近所の名士から本物を一式借りてくれて、それを着用することになったものだから、本当の殿様になった気分で、特に稽古にも身が入った。

舞台に出ない生徒はコーラスで参加したり、進行係の手伝いをしたり、全員が何らかの役にあたっていた。学芸会は華やかに開催され楽しい一日を過ごすことができたが、中には舞台に出られなくて泣く子や文句を言う親もいた。その上、以前から巷間で言われていた「学校も家庭も出費が嵩んで負担が大きすぎる」との声が大きくなって、学芸会の行事はこの年を最後に廃止されてしまった。

時代は朝鮮動乱の勃発で混迷の度を増していて、特需などで景気がよくなったのは、その翌年以降のことであった。

オモチャの　兵隊ラッタタと　踊る日の　新しき服　母の思いやり
あっぱれと　日の丸扇　掲げさし　おお見栄きる　殿役に照れ

比呂志にとって小学校は勉強する場所というより、新しいことを見聞できる格好の遊び場のようであった。

初めて手にした「こくご」の教科書、その後半の見開きページいっぱいに、コスモスが咲き乱れているカラー写真が載っていた。カラー写真が珍しい時代であった。何てきれいなんだと思った。ピンクや赤や白の花が、本の中で乱舞しているのである。

「コスモス　コスモス咲いている……」その光景に比呂志は飲み込まれていた。この感激が子供心を捉えたのか、教科書というより本が好きになった。

また比呂志が小学校に入って、初めてまともに覚えた歌は、「りんごのひとりごと」という歌であった。

「♪　わたしは真っ赤なリンゴです。お国は寒い北の国。リンゴ畑の晴れた日に……」

それをリンゴのように頬を真っ赤に染めて、白い息を吐きながら明るく歌う女の子がいたが、リンゴのイメージそのもので深く脳裏に焼き付いている。

冬の朝　リンゴ唄歌う　女の子　その赤き頬に　北国偲ぶ

この頃の服装といえば、大方の子は兄や姉のお下がりでだぶついた服、つぎはぎのある服の子が多く、当然のように通学服も遊び着も同じの着たきり雀である。

その中に、いつもきれいな服を着て学校へ来る女の子がいた。藤沢美代子という名の子である。

比呂志から見れば、それは「よそ行きの服」である。しかも白い靴下を履いている。もちろん赤い靴も新しいものである。そして髪の毛を肩まで長く伸ばして、紛れもなく「ええしの子」すなわちお嬢様であり、近寄りがたい感じがしていた。

ある日のこと、美代子から「平城山さん。うちに遊びに来ない?」と突然に声をかけられた。彼女は少しはにかみながら言った。

「明日、わたしのお家でお誕生会をするの。だから来てほしいの」と。

嬉し恥ずかしの気持ちで、比呂志は約束の午後一時きっかりに美代子の家に行った。

美代子の家は土塀に囲まれたかなり大きな屋敷である。その外観にまず圧倒されながら、表門から石畳を踏んで玄関に辿りついた。格子戸を開けると美代子がそこに立っていて、賑やかな声の聞こえる応接室に通された。

お誕生会に呼ばれたのは、女の子五人と男の子は比呂志一人であった。比呂志は、その瞬間ここに来たことを後悔した。やがてココアと食べたこともない果物やチョコがのったケーキなどが出されて、こんなにおいしいものがあるのかと感心して食べたり、合唱したりクイズ合戦などをしていたが、時間が経つのは早いもので、外はもう夕闇が迫っていた。

お誕生会もお開きになって表門を出ようとしたら、美代子のお母さんが寄ってきて、「平城山さん。いつまでも美代子と仲良くしてやってね」と言われた。これまでもそんなに仲良くした覚えはなかったのに、「はい」と答えるのが精一杯で赤面しているのが自分でも分かった。先ほどの後悔はとっくにどこかに行ってしまっていた。

そんなことがあって半年程たった三年生の春休みに、急に美代子は父の仕事の都合とかで、東京へ転校していった。

ええしの子　よそ行きの服きて　学校へ　美代子といいし　我のマドンナ

担任の女の先生は母に負けないくらい怖かった。

比呂志は毎年学級委員に任命されていたが、二年生になったある日のこと、担任の大岡先生が、

「一時間程用事があって出かけるので、皆は自習しているように」と言いおいて出かけて行った。

皆は自習なんて初めてだったし、何をしてよいのか分からなかったから、大半の子はてんでにしゃべっていた。中には教室から外へ出て校庭で遊ぶ子もいた。

そこへ突然先生が帰ってきて、

「皆何をしているの、自習しているように言ったでしょ。学級委員の平城山君は、なぜ皆を自習するように監督していなかったの。それが学級委員の役目でしょ」と、お目玉をくらった。

「そんな役目は聞いてないよ」とは言いたかったが、襟に付けている委員バッジのことを思うと何となく言いづらくて、ただ膨れっ面をしていた。

その大岡先生が、病気で半年間休職することになった。

後任には、代用教員の藤本先生がやって来た。藤本先生は比呂志から見れば、まるで映画女優のようなきれいな先生であった。

その日、午後の始業時間になっても藤本先生は教室に現れなかった。比呂志が職員室に藤本先生を呼びに行ったが見当たらない。教室に戻った比呂志は皆に、

「しばらく自習しているようにと先生が言っていたよ」と、詭弁を使った。

皆はざわざわと騒ぎ始め、教室を出て行こうとする者もいたが、大岡先生の時のことを思い出し、社会の時間でもあったから、

「さあみんな、これから地理のクイズ大会をやろう」と言って、「日本で一番大きい湖はどこですか?」など、自分で答えの分かっている問題を次々と出していった。クイズ形式がよかったのか、悪たれ連中も抵抗せず皆がそれに集中してくれた。

それから二十分程して、「ごめん、ごめん」と言いながら先生が走って現れた。皆の楽しそうな状況を見て、結局その時間はクイズ大会に変わった。

掃除を終えて帰ろうとした時である。廊下の向こうから藤本先生がやって来て、比呂志の前に立つと、

「平城山君、今日はありがとう。掃除の時も皆をリードしてくれたりして、いつもよく頑張るね」と言い、比呂志は急に抱きしめられて頭を撫でられた。頑張っているつもりはないが、大岡先生の時のように「学級委員なのだから」と、同じことを言われるのがいやであっただけである。

それより、藤本先生のほんわかとした暖かい胸に顔が押しつけられてどぎまぎし、頭がボーッとしたことが、その後もしばらく脳裏に残っていた。

頑張るね　胸に抱かれて　褒められた　女教師に　ときめき覚え

興味津々・新しい世界

比呂志は学校から家に帰ると、母から小遣いの五円を貰って表に飛び出して行くが、その行く先は決まって駄菓子屋か紙芝居であった頃がある。

駄菓子屋では、一個二円もする大きなドングリ飴を買うのがお目当てであった。落語の語りではないが、ドングリ飴をレロレロとしゃぶっていると、長い時間甘さを味わえて幸せな気分が楽しめた。

それが二、三日続いて飽きてくると、毎日三時頃、路地裏の広場に決まってやって来る紙芝居を見に行くのである。

紙芝居屋のおじさんは自転車に乗って、チリンチリンと鐘を鳴らしてやって来る。売り物は煎餅に包んだ芋の餡こ、水飴、酢昆布、型飴など日替わりの駄菓子である。その駄菓子は、紙芝居の箱の下にある抽出に入れてあるが、常連の子たちは、今日は何を持ってきたのだろうかと楽しみにしていた。

紙芝居はその駄菓子を買わないと見せてもらえない。買わずに見ていると、紙芝居屋のおやじが「只見はだめ」と言って追いやられる。

紙芝居は連続物と読み切り物があるが、メーンは連続物である。特に連続物は、例えば悪者が善人を痛めつけているところに正義の味方である黄金バットや鞍馬天狗などのヒーローが助けに来て、いよいよ悪者と正義の味方との対決になる。だが、「囚われの身の善人の運命はいかに」というところで終わるから子供たちにとってその続きを見たくて明日が待ち遠しくて、次の日も五円玉を握りしめて紙芝居を見に来るという寸法になっている。

比呂志が見た紙芝居にこんなのがあった。

設定は小学校のお昼の時間である。皆が持参の弁当を開いて美味しそうに食べ始める頃になって、一人の男の子が今日もまた、そっと教室を抜け出していく。担任の若い女の先生が「どこへ行くの？」と訪ねると、その子は「弁当を忘れたから家に食べに帰るんだ」と一目散に駆け出す。駆け出した先は近くの神社の手水舎《ちょうずや》、そこで生徒は手水鉢の水をガブガブ飲んでお腹を満たしているのである。

後をつけていた先生も、この子の家は母子家庭で、病気がちの母親と二人の妹がいて、本人も近所の酒屋の手伝いをしながら家計を助けているらしいことは知っていた。だがここまで生活に困っているとは思っていなかった。

次の日、その男の子の机の上には風呂敷包みが置いてあった。男の子は訝しげに風呂敷をあけてみると、そこには弁当が入っていた。そして「これは君の弁当よ。遠慮せずに食べてね。先生より」との添え書きも。男の子は先生の思いやりに涙を流して喜び、一段と勉強にお手伝いに精を出すのであった。

この時代は、これに近い生活をしている人がたくさんいた。だから、それは誰にとっても他人事ではなく、皆がいい暮らしができるようにと頑張っていた時代であった。お涙ちょうだい風ではあるが、紙芝居もまた時代を映すものであった。

紙芝居　続き見たくて　人の群　少し離れて　只見する
お昼時　弁当なくて　水飲みに　帰る子の話　涙して見る

表通りに、この付近では初めての貸本屋が開店した。紙芝居に飽きていた比呂志にとって、貸本屋ができたのは嬉しかった。

とにかく本を読みたかったが、一つ問題があった。貸本は一日で一冊十円もする。しかし小遣いは五円である。これでは二日に一冊しか読めない。初めはそれで我慢していたが、とにかく毎日違う本を読みたかった。

比呂志は思い切って母に申し出た。

「小遣い十円に上げてほしいのだけど」

「何に使うの？」

「本を読みたいの……」

裕福な家計でないのは分かっていた。それでも半月ほどしてから小遣いの値上げは実現した。

比呂志は毎日のように貸本屋に通った。多分、母は本を読むということなら、まあいいと考えていたと思われる。どんな本を読んでいるのか、母のチェックは入らなかった。これ幸いと比呂志は、まず探偵小説を読みあさった。江戸川乱歩の明智小五郎、横溝正史の金田一耕助、コナン・ドイルのシャーロック・ホームズと、各シリーズを読破していった。

貸本屋は呆れて、貸本ではなくて知人に頼んで取り寄せた「世界の推理小説」を、ただで貸してくれるようになった。もちろん大人の愛好家が読むような分厚い本であった。クリスティ、クイーン、ポー、ルブラン、グリーン、それにチェーホフなど、分からない漢字も調べながらであったので、読むのに少し時間がかかった。

外国人作家の綿密で意表をつくトリックの数々はさすがであったが、外国の生活環境や風潮など分からないところもあって、やはり日本の作家のものが理解しやすく好きであった。

探偵小説や推理小説の分野では、やがて後の世に出る松本清張や水上勉など、社会派に展開していったが、分野を問わずとにかく読みあさる時期が続いた。

比呂志が本を好きになり始めたのは、二つのことがきっかけとなっている。一つは幼い頃に枕元で母が読んでくれた数々の物語。それは未知の世界を想像させるものであり、そのまま夢の世界に誘ってくれるものであったこと。もう一つは菊蔵叔父さんの紹介してくれた本を読むことで、知らない世界に遭遇し、次々と新しい発見をするような楽しさがあったことである。

さらに、貸本屋に出入りしたこの一時期は謎解きに夢中になっていたが、罪を犯す人間の心理についても考えるようになった。

この後、中学生になってからは詩歌も読むなどジャンルを問わずに手を広げ、創造力をかき立てられていくことになる。

乱歩に　コナンドイルに　正史まで　日課となりし　貸本屋通い
男の欲　金おんな地位　わるいやつらの　黒い霧つく　作家の魂

俺も男だ・意地っ張り

近鉄・南大阪線の大和川には、大鉄橋と小鉄橋が架かっている。比呂志たちの一行は、その小鉄橋上を歩いていた。その時比呂志は最後尾にいた。突然、大鉄橋の向こうからゴーと電車の近づく音がしてきた。

この頃、比呂志と近所の遊び仲間は、隣村など周辺地域の学校・神社・公園・遊び場の状況や変わった物がないかなど、一行八人で探索していた。

その日は、大和川を越えた地域の探索に向かっていた。布引村から四キロ歩いて大和川の堤防近くに来ていたが、川を越えるには大回りしなければならなかった。

誰かが「線路沿いに歩いて鉄橋を渡れば早いぞ」と言った。皆は何のためらいもなく賛成した。

線路沿いを行くと小鉄橋に向かって登りになってきた。それを登り切って小鉄橋の前に来た時、中学二年生で最年長の康夫が言った。

「さっき電車が通過したばかりだから、このあとは十五分後にしか次の電車は来ないし、小鉄橋は八分ぐらいで渡れるから多分大丈夫だ」

その言葉で皆は小鉄橋を渡り始めた。鉄橋を渡る決意に燃えていて、「多分」の言葉は誰も聞いていなかった。

皆が小鉄橋の中程まで来たときである、電車の音が聞こえてきたのは……。大きな音と共に大鉄橋に見えた電車は、急行電車であった。電車はぐんぐん小鉄橋に迫ってくる。

一行の半分は小鉄橋を越えて堤防に出ていたが、小学五年生で最年少の比呂志は三分の一程残したところを渡っていた。小鉄橋といえども、ここからは下の河原が遙か遠くに見えていて、到底飛び降りられるものではない。切羽詰まった状況の中で比呂志は考えた。飛び降りるか、線路に俯《うつぶ》せになるか。

必死の思考の中で比呂志の脳裏を横切ったのは、少し前に教科書に出てきた「山本有三作・路傍の石」の、よく似た場面であった。

それは主人公の吾一が遊び仲間に勇気を誇示すべく、意地を張ってのことであったが、鉄橋の枕木にぶら下がって汽車の通過を待つという一節である。吾一の場合の橋桁の高さは分からないが、今の比呂志の足下は六メートル以上もあり、落ちたら間違いなく死に至る高さだった。

だが比呂志には死という恐ろしい想定はなかった。鉄棒で懸垂は得意であったし、電車さえ行き過ぎてくれれば逆上がりで元に戻れる。そんな当座凌《しの》ぎの無鉄砲さで、後はどのタイミングで枕木にぶら下がるか、それだけを考えていた。小鉄橋に残ったのは二人となっていた。

いよいよ電車の音が大きく、その巨体が眼前に迫ってきていた。そして視野の端に、誰かが電車に向かって赤い手拭いを振っているのが見えた。

今まさに比呂志が枕木に手をかけようとしたときである。電車はギギーッと軋《きし》み音をたて、小鉄橋の手前五メートルくらいの所で停車した。

それを見て比呂志は一気に小鉄橋を駆け抜け、そして後も見ずに堤防を駆けた。必死で逃げた。八人全員がひと固まりとなってとにかく走った。後ろで電車の運転手が何やら大声で叫んでいた。かなり走ってから振り向くと、鉄橋上の急行電車はゆっくりと動きだしていた。

あとで考えれば、とてつもなく怖い話である。普通なら泣いていたかもしれないし、小便を漏らしていたかもしれない話である。だけど、吾一も踏ん張った。あれは小説の中とは思えなかった。もちろん吾一に刺激されただけではないが、比呂志は必死にこの場を切り抜けようとしていた。変な意地みたいなものが身体を駆けめぐっていたのである。

逃げ場なき　電車迫り来る　鉄橋で　ぶら下がらんとす　我も吾一か

栄光の巨人軍が藤井寺球場に来る。近鉄との秋季オープン戦である。

プロ野球は新聞とラジオでしか知らなかった。比呂志は近鉄電車が家の近くを走っている、それだけのよしみで、一応は近鉄パールズのファンであった。近鉄は万年最下位のチームで、名は体を表すごとく弱々しい愛称でもあった。それに引き換え巨人は何度も日本一に輝く常勝チームであった。

その巨人が近くの球場に来る。しかも午後の授業がない水曜日、そして入場券は新聞舗から貰っていた。だから一カ月も前から楽しみにしていた。

その水曜日は絶好の野球日和であった。仲間五人は朝からワクワクしていた。

ところが事態が急転しそうになった。午前の授業が終わって帰り支度を始めたときである。担任の津山先生が、

「今日は午後から体力測定をします。六年生は全員午後一時に運動場に集合するように」

と言った。

比呂志の「急に言われても困るな」に、先生が「何か都合の悪いことがあるの？」。そこで本当のことを言えば、絶対巨人軍の野球は見に行けなくなる。瞬間にそう思った比呂志は、次の言葉を飲み込んで黙っていた。

結局、仲間五人は予定どおり藤井寺球場行きを決行した。

このチャンスを逃したら、もう巨人軍を見ることはできない。皆の気持ちは同じであった。この時一緒に行った仲間には、プロ野球入りを目指す千田もいた。

近鉄には打者では巧打の関根潤三、武智修、投手では下手投げの武智文雄などが活躍していた。巨人軍では別所、中尾、川上、青田、千葉、樋笠がいた。近鉄ファンを忘れて「カワカミ、ベッショ」と、いつも新聞を賑わしている巨人の選手の名を呼んだ。

仲間の皆はニコニコしていた。帰りの電車の中でも興奮して騒いでいた。

次の日の朝、学校へ着くなり、昨日の仲間五人が担任の津山先生より、「昨日は学校をサボってどこへいったの。ちょっとおいで」と校長室へ連れて行かれた。後は全校朝礼の時に、朝礼台に全員立たされて全校生徒の前で見せしめにされ、朝礼の後もグラウンドに二時間立たされ男の先生のゲンコツをもらい、さんざん絞られた。あげくに、父兄の呼び出しがあって重ねて注意された。

すべてが終わって教室に帰って来たとき、梅田節子という女の子が、

「昨日、平城山さんが午後の体力テストをサボって野球を見に行ったことで、津山先生が泣いていたわよ。『皆を止める立場の学級委員なのに。それに平城山さんは一番信頼していた子だったのに悲しい』って。平城山さんも、すごいことしたのね」と忠告めいた言い方をしてきた。

「フーン」と比呂志は聞き流していた。少しは悪いことをしたかもしれないので、先生に一応は謝ったが、俺はそんなに悪くないよ、一番悪いのは予告もなしに急に予定を変更した学校か、先生の方だ。内心そうも思っていた。

家に帰って母から、

「自分のしたことをちゃんと説明しなさい！」と言われて、自分なりの考えを正直に言った。叱られると思ったが、母は「そう、分かった」と言っただけで、それ以上の追及はしなかった。この時「おかあちゃんは話が分かる人」と、自分なりに解釈し納得していた。

去年の卒業式で比呂志は、五年生の代表として送辞を読んだ。だが、今年の卒業式で予定されていた比呂志の答辞は他の生徒が読むことになった。当然の措置であった。

比呂志はどうでもよいと思っていたが、

「他の生徒に変えざるを得なかった津山先生の心中を考えたことはあるのか」

隣の組の先生にそう言われて、胸の詰まるのを覚えた。それでも、

――俺にもあの時は意地があった。皆と約束して、あんなに楽しみにしていた仲間を説得する自信はなかったし、俺自身どうしても行きたかった。先生にもそれを分かってくれよと言いたいけれど、結果としてサボったことになる。

俺たちが悪いと思うから何も言わずに罰を受けたのだ。

内心でそう叫んでいた。

いろんなことがあったけれど、小学校時代は勉強しなくても通知簿には「大変よい」が並んでいたし、友達もたくさんできた。それに好きなことも思いっきりできたし、少しの反省の他は言うことはなかった。比呂志にとって楽しい時代であった。

栄光の　巨人軍　目の当たり　感激のあと　制裁の罰

三　コーヒー色のほろ苦き青春

忘れな草・校庭の片隅に

中学一年生になって、二学期の初めにクラスの席替えがあった。

比呂志の席は窓際から二列目の中程であった。席の左隣の窓際には北田景子、右隣に山中洋子。つまり前後左右は男子、女子と交互に席が配列されていた。中学生ともなると、異性を意識し始める年頃であるが、当時はまだ男女が親しく交流することも少なかった。

景子と洋子は親友であったらしく、何故か分からないが比呂志の机を介して、情報のやりとりなどをしていた。景子が「洋子」と声をかけて比呂志の机に何やら箱を置く。比呂志が「何だ?」と見やると景子がクスリと笑い、洋子が手をのばして箱をとるといった具合である。

比呂志は北田景子に関心はあった。小学校時代の学芸会の写真や朝日放送のラジオに合唱参加した時の写真など、「オヤ?」と思うところに彼女がいるのである。

景子は可愛くて賢くて少し活動的な子であったし、それに何より景子の姉さんは比呂志の姉の董子と友達であった。景子の弟と比呂志の弟善亜紀も同級であった。それぞれが同性なのに景子と比呂志だけが、そうではなかった。これは何かの因縁に違いないと思ったものである。

しかし比呂志は景子に積極的に接近するわけでもなかった。いつか景子の方から話しかけてきたことがあったが、愛想なく対応したことがあってから一時気まずくなった。それでも何かことある時は、好意的に接してきたたし、心の中では大切にしたい女友達といつも思っていた。

だから景子が風邪を引いたとかで学校を休むと何だか寂しかった。そんな時は、教室の窓から見える景子の家の方に向かって、「早く治れよ」と祈ったりしていた。こんなことは、もちろん景子は知らないことである。

好きとか嫌いとかの感情は別にしても、比呂志にとって景子は何だか気になる子であった。この思いは後まで続くことになる。

教室の　窓よりのぞむ　君が家　風邪よ治れと　熱き気おくる
春の日に　友と語りし　校庭《にわ》さきの　忘れな草は　今も咲くやら

中学生になっても、比呂志は読書と遊びに没頭していた。読書は啄木、藤村、中也、朔太郎、リルケ、ゲーテなどにも手を広げていた。

中でも生活に追われていた啄木の詩に共鳴する部分が多く、心酔した時期もあったが、啄木の貧乏は多分に自分勝手によるところが大きいと解釈していた。思うようにいかないジレンマはあったであろうが、自らの才能に溺れていたのだと思う。

この頃の比呂志は学校から帰ると、真っ先に宿題を済ますことにしていた。実は早く自分の好きなことをしたい、その時間がほしいが故の行動であるが、これを見ている母は、「お兄ちゃんを見なさい。何はともあれ、まず勉強しているでしょ。あんた方も少しは見習ったら。今は勉強が仕事なんやから」と弟たちにハッパをかけていることがあった。弟の佐智夫と善亜紀には、ここで本当のことを言うべきではないと思ったから、比呂志は

「実はそうではない。弟よ、すまんな」と黙って心で詫びていた。

ガキ仲間・夢破れ

プロ野球入りを目指していた千田とキャッチボールをすることがあったが、その球の速さには驚いた。軽く投げているようなのに球にスピードがあって、手元でまた伸びるといった具合に、グローブでまともに受けたら掌がしびれるほどに痛かった。

その千田が、いよいよ念願の南海ホークスのテストを受けることになった。彼はひとり難波の大阪球場に出向いて行った。中学二年生の秋であった。結果は合格級とのことであった。「素質は十分にあり、専門家の指導次第ではプロでやれるレベルである」というのが合格級であった。

但し、「中学を卒業してから再テストし最終判断をする」であった。

この頃から千田の行動が変化していった。皆との遊び場にも姿を見せなくなった。比呂志が家に様子を見に行っても会うことができなかった。というより家にいないことが多くなったらしい。千田の姉の話によると、あまり家に帰ってこないので心配しているとのことだった。

年明けて学校も三学期がスタートした翌日の、ちょうど十日戎《えびす》の宵宮の日だった。布引橋の袂に消防署があるが、その火の見櫓の半鐘がカンカン鳴った。消防車がサイレンの音もけたたましく出動していった。その時は近所の民家の小火で収まったが、思えばそれが二十数件もの一連の放火事件の始まりであった。

それから、頻繁に火災が発生した。新聞は「連続不審火」「また放火」と大きく取り上げた。「いたずらか、恨みか?」人が集まるとこの話で持ちきりになり、「犯人は誰だろう」と、さがない人の口からはあらぬ名前が出たりした。不審火はだんだん規模が大きくなりだした。

その火事は比呂志の家の近くで起こった。

夜の九時頃「火事や、寺田の家が火事や」と叫ぶ声が駈け回った。近所に寺田姓が多く、どこだろうと表に飛び出たが、その時はまだ火の手が見えなかった。近所の人々は川筋の方へ走っていくので、後をついていくと火元は材木屋であった。

もう消防車が何台も来ていたので小火で収まるだろうと思われていたが、家の柱や梁などに使う六〜十メートルもある長尺材は立てかけてあるものだから火の周りが早く、火炎は天に向かうがごとく伸び、立てかけた木材はたちまち火の柱と化した。紅蓮の炎の言葉のように火は天高く夜空を焦がした。恐ろしいような情景であった。

消防隊は火を消すというより周囲への延焼を防ぐ方に力点を置いていたようである。それが功を奏してか、木材の大半は燃えたが延焼もなく、夜半にやっと鎮火した。この火事もやはり不審火であったらしい。

この材木屋の不審火は捜査過程で有力容疑者が絞られたとは町の噂で聞いたが、信じられない人の名が飛び出した。放火犯の有力容疑者は「千田」というのである。

その後、不審火は鳴りを潜めた。容疑者は複数いたが有力容疑者は未成年であり、慎重に捜査を進めているとのことであった。だが、放火は現行犯逮捕でないと決め手になり難いこともあって捜査は難航し、やがて人々から忘れ去られようとしていた。

また放火　夜半に胸つく　半鐘の音　指をさされし　我が友憂う

中学生になって、比呂志は神岡勝稔と親しくつきあうようになった。神岡はどちらかというと勉強よりスポーツが好きな男であった。以前は腕白で喧嘩に強く、悪賢い子との評判を聞いていた。

神岡との遊びといえば霞網を仕掛けては文鳥や目白などの小鳥を捕り、兜虫や鍬形虫捕り、それに川原のシジミ捕りにウナギの仕掛け捕りであった。

彼は、いつ頃どこに何がいてどんな仕掛けがいいのかよく知っていて、誰も行かない所に彼なりの猟場を持っている。必ず何か獲物を捕って帰る術には敬服するものがあった。

神岡は学校の成績は今一つであったが運動神経に長けていて、その頃は急に女の子に人気が出始めていた。

三年生の時にこんなことがあった。

生徒会長の立候補者を決める予備選挙で、三人に票が入ったが神岡と比呂志が上位で同数となり決戦投票となった。ところが決戦投票でも同数となったのである。

彼の性格と行動力から、比呂志は神岡が生徒会長に適任だと思い委ねることにした。ただ、この時、比呂志は神岡を推薦したが、クラスの決戦投票の際に北田景子はどちらに投票したのか、それだけが気がかりであった。いつか本人に聞きたいと思っていたが。

結局、神岡は他のクラスの候補者を破って全校投票でもトップになり、生徒会長に就任した。比呂志の見込みどおり神岡は生徒会長を立派に務めた。

岩城先生は、いつも二人が砂場で鉄棒するなどして遊んでおり、仲の良いのを知っていたから、「竹馬の友としていい意味の競争をして、お互い頑張れよ」と声をかけてくれていた。

明日になれば・一歩でも前へ

やがて高校受験など将来の進路を考える時期がやって来た。

比呂志は本が好きであったたし、何がと具体的には浮かばないけれど、将来その関連の仕事ができればいいなと思っていた。しかし、勉強の方はあまり努力しなかった。それでも数学や理科は得意であった。

学校では期末テストが終わると各教科別に名を伏せてテスト結果を表示し、全学年別に五教科の総合点順位を一覧表で発表する。各人にとって位置づけが一目で分かるのである。

ある期末テストの時、数学の教師がテストの結果を皆に報告した。そこで、「特別枠の問題は採点対象外とするが、それができたのは平城山君一人、そして通常枠も満点は平城山君だけ。従って平城山君は超満点である」と公表されてしまった。

これは困るなあと思った。その時の比呂志のテストの出来映えは、数学と理科以外は良くなかった。

案の定であった。翌朝、学校へ行くと、同じクラスの松山幸子が比呂志の顔を見るとニタッとしながらそばに寄ってきて、

「平城山さん、五番目だったわね」それだけ言うと去っていった。

一覧表のお陰である。数学の欄をみれば一目瞭然である。嫌味なやつだなと思ったが事実だから仕方がない。北田景子にだけは知られたくなかったのだが。

松山幸子には少し弱みがある。

銭湯へ行った時のことである。銭湯は入り口を入って両側に下駄箱があり、番台を通って脱衣場に入って行くが、男湯側の脱衣場の扉は開けっ放しのことが多い。その時比呂志は脱衣場で湯上がりの身体を拭いていた。そこへ女湯から出てきた誰かが男湯の脱衣場をひょこっと覗いている。それが松山幸子であった。

比呂志は毛深い方であったから思春期の兆しも早かったが、それを見られてしまったのである。ふだんは何とも感じないが、同級生の女の子に見られたのは不覚であった。

松山幸子はニイッと歯を出して笑っていた。いい話のネタができたくらいに思っていたのであろう。比呂志は「バカあ」とは言ったが、何となく照れくさかった思いが残っている。

世の中は神武景気で、洗濯機・冷蔵庫・テレビの三種の神器がＰＲされていた。比呂志の家でも、父が無理してテレビを買ってくれた。それまでは近所に唯一テレビのある山田さんの家で、時々見せてもらっていた。

話題の中心はプロレスだった。力道山が空手チョップで、外人レスラーのキングコングやカルネラやオルテガなど、山のような大男をなぎ倒すシーンは実に爽快であった。八百長だという大人もいたが、比呂志たち子供は強い力道山を感動の目で見ていた。

家でテレビを見るようになって、「私だけが知っている」、「ダイヤル一一〇番」などの探偵物に没頭した。物珍しさもあって、しばらくテレビにかじりつく日が続いた。とにかく、これからの生活がますます楽になる便利になると期待した時代であった。

そんな世の中の背景もあってか、父は比呂志に手に技術をつけた方がよい、エンジニアになれとか言っていたが、まず本人の適正も大切だと職業適性検査を受けることになった。

父に連れられて行った先が、江ノ子島の技術工業所という所で、知能テストや手先の器用さなど十科目のテストをされた。テストの結果は、ＩＱ一八〇以上で優秀であるが、それに比べて指先の器用さはやや劣るとのことであった。

しかし、「どんな仕事に就いても問題ない、どこの高校へも行ける」とは言われたが、職業適正の方向性を示す回答は得られなかった。そろそろ高校の受験先を決める時期に来ていた。

この頃から父の健康状態が徐々に悪化していった。以前から丈夫な方ではなく、勤務から帰ってすぐ床につくこともあったし、朝から起きられないこともあった。

それに比呂志の脳裏には、ある情景が鮮明に残っている。それは確か小学校の三年生の頃だった。兄の芳久仁が三畳の自分の部屋で机に向かって咽《むせ》んでいる後ろ姿が見えた。生活を支えるために学校を中退することになって、泣いていたのである。それまで学校の先生が何度も家に来ていたのは見ていた。「優秀な学生だから何とか学業を続けさせられないか」そんな言葉も耳にしていた。結局、兄は働きに出ることになったのである。多分、その頃も父の健康上の問題があったと思われる。

受験校を決める課程で比呂志なりにいろんなことが交錯していた。頭の中では大学進学への期待も持っていた。しかし「工業高校へ行こう」そう決意した。

その先はまたその時考えればいいと思った。志望校は今城工業高等学校と決めた。岩城先生が言った。

「私立の併願はしないのか。今城は名門だし、毎年布引中学から一人しか行ってないんだよ」

「併願はしません。入試に落ちればそれまでです」

比呂志はきっぱりと答えた。でも内心では少し悲壮感があったのだけれど、そう言い切ることで自分に頑張れとハッパをかけていたのである。

先生は、じっと比呂志の顔を見つめていたが、「そうか分かった」と言った。

比呂志には、自分の家の経済状況に余り余裕のないことや、遠い日に垣間見た机に向かって咽ぶ兄の後ろ姿が頭にあった。

だから誰にも相談せずに自分一人で決めたことであった。

「明日になれば天気になるよ」そんな唄を聞いたことがある。別にやけになったわけではない。時間がたてば別の展開が見えてくるかもしれない。他力本願ではなく、自分で努力すれば道が開ける場合もあるだろう。その時のために今は進める分だけでも一歩前に行っておこう。そう考えての比呂志の決断であった。

夕暮れに　机に向かいて　むせぶ兄　中退決めし　暮らしの故に

今はただ　高校生に　なりぬべし　一つに賭ける　我に思いあり

四　青雲の志

新世界・ジャンジャン横丁

今城工業高等学校は、近鉄の阿倍野橋から地下鉄で大国町まで行き、そこから国道二六号線沿いに七分程歩いた所にあったが、実際の通学は阿倍野橋から歩いていた。時間にして十五分である。そうして地下鉄の定期代は小遣いの方にまわしていた。

阿倍野橋から歩いていく場合は、遊郭街の飛田や西成のいわゆるドヤ街の近くを通るので、それがいやな者は地下鉄に乗るようであった。だが、そうした者も二年生になると、皆こぞって阿倍野橋からの歩き組に変わるのである。

赤線が廃止になってからも、飛田付近を通ると、学生帽を被ったいかにも高校生といった者にも、女たちが「兄ちゃん、遊んでいけへんか」と声をかけてくる。それも学校帰りの日中の午後三時頃なのである。こんな地域環境にあるから、一年生たちは大国町まで地下鉄で行くのである。

飛田商店街の反対側を北へ行くと、ジャンジャン横丁を通って通天閣へ出る。この界隈には安くて旨い食堂や飲み屋が軒を連ねている。また、バナナはもちろん、洋服や靴にカバンなど何でも叩き売りする店もある。

「さあ、お客さん。そんじょそこらのカバンじゃないよ。今買わなきゃ損だよ。清水の舞台から飛び降りたつもりで五百円と行こか。さあないか？」

客から「もう一声！」の声がかかる。

「それでは、そこの社長、四百円でどうや。これ以上安うしたらこちとらおまんまの食い上げや、さあないか。しゃあないな、三百八十円に決めよ、そこの男前の兄ちゃん」という具合に、客との丁々発止のやりとりで売りさばいていく。

庶民の街と謳っているから、高い物は売れないし売らない。串揚げにしても目の前で揚げて三本二十円。「一体何の肉や」と疑いの声も出るほど安い。ネタを疑いながらも一串、二串と食べてしまう。着る物にしても食い物にしても、こんな商売は大阪ならではのもの。

いわば浪花風俗なのである。だから人が大勢集まる。

それに怪しげな映画館にストリップ小屋がある。怪しげなというのは、成人向きの映画専門館のことであるが、級友の何人かは大人のふりをして潜り込んでいる。

このような地域環境の中にあっても、特に問題を起こした者はいなかった。

工業高校は、その後猫も杓子も大学に進学する時勢の中で、入学希望者数も逓減していくが、まだこの頃の今城工業高校には優秀な生徒が集まっていたと思われる。ただ工業学校へ入学してくる者の生活背景から考えても、そんなに裕福な家庭の子は多くはなかった。だからであろうか、級友の連帯感というのは強かったし、皆は何とか頑張って上に行きたいという気構えを多分に持っていた。

そんな状況の中で、比呂志の成績も上位数番内にいたかと思うと、次は中位であったりと安定していなかった。だが、その気になればできるという自負は持っていたし、大学を諦めてはいなかった。

女学生・惜別

級友の槌田が、

「平城山、今週の金曜日に俺とつきあってくれや」と言ってきた。金曜日は比呂志の属する陸上部の校外練習の日であったが、久しぶりの槌田の誘いを優先することにした。

校外練習というのは、学校のグラウンドで野球とサッカーが競合する中でのインターバル練習は危険だということで、陸上部は毎週水曜日と金曜日は地下鉄に乗って、本町の靫公園に行き、そこで特訓するのである。

緩と急を繰り返すインターバル走法の練習で、とにかくヘトヘトになるまで絞られる。つらくてきつくて、練習が終わって学校への帰りは汗まみれのシャツで地下鉄に乗るが、格好など構っておれないほどクタクタになっている。

でも、学校近くに帰ってくると行きつけの菓子屋に寄るのがいつもの経路となっていて、そこで主将が奢ってくれるパンとサイダーが疲れた身体に格別の味なのである。

その格別の味を捨てて、金曜日の放課後は槌田につきあった。行き先は阿倍野区・北畠にある住吉高校で、学校内に入っていくとあちこちで生徒が忙しく動き回っていた。来々週の日曜日に開催される文化祭の準備のようであった。

槌田は勝手知った様子で、ある教室に入っていった。教室の入り口には、「ようこそ美術・工芸クラブへ」との看板がかかっていた。これから飾りつけなどがされるのであろう、白い模造紙に文字だけが書かれていた。

やがて槌田は、二人の女子高校生を連れて出てきた。

「いらっしゃい」と一人が笑顔で挨拶した。その笑顔がなんとも清々しかった。

槌田の紹介によると、一人は住田香子といい、彼女は中学時代からの友人とのことだった。もう一人の爽やかな笑顔の子は雨宮雪絵といった。

彼女たち二人の話では、「文化祭に他校からの訪問客を募っているので協力してほしい、ついては招待券を知り合いの高校生に配って、参加呼びかけをしてほしい」というものだった。

但し、誰でもよいというのではなく、「美術・工芸に興味のある人」の条件がついていた。我々は十枚ずつ招待券を預かることにした。

翌日、比呂志は陸上部の連中に招待券を配った。部員には電気科、建築科、機械科、印刷科と各科の生徒はいたが、特に美術・工芸に興味がありそうな者はいそうになかった。

文化祭の当日、比呂志は一人で見に行った。槌田と一緒に行って、中学時代からの友という住田香子と目の前で仲良くされるのは、癪だったからである。槌田には人の気持ちを考えない無神経なところがあった。

先週見た教室入り口の看板は、さすがに美術・工芸クラブらしい着色と装飾がされて掲示されていた。

比呂志が一人で絵画や彫刻などの展示品を見ていると、後ろから「平城山さん」と声をかけられた。振り向くと、そこに雨宮雪絵があの笑顔で立っていた。

「今日はどうもありがとう。お陰で今城からもたくさん来てもらって」との思いがけないその言葉に、比呂志は「いやあ、どうも」と言いながら、自分が招待券を配ったクラブの連中かな、と半信半疑でいた。雨宮雪絵は、

「お礼と言っちゃなんですけど、モネ展の入場券があるの。行かはるのなら差し上げます。私たちは今度の日曜日に行くつもりです」と入場券を二枚くれた。

比呂志は指先の器用な方ではないが絵画を見るのは好きだったし、どうせ日曜日は暇だから、とりあえず貰うことにした。

場所は天王寺公園内にある市立美術館であった。日曜日の午後、一人でぶらりと出かけた。館内は結構混んでいた。一通り見て帰ろうとして出口に向かっていると、二、三人前を髪の長い雨宮雪絵が歩いていたので、「雨宮さん」と声をかけた。彼女はクラブの皆と一緒に午前中に来る予定だったが、急用があって仕方なく午後一人で来たとのことだった。

それで二人で植物園を見て、そのあと公園のベンチに腰掛けて話をした。

改めて見た雨宮雪絵は、色白で細面の顔に鼻筋の通った美人顔なので、なぜか比呂志はどきどきと胸の高鳴るのを覚えた。こうして二人でゆっくり話をするのは初めてなのに、ずっと以前からの知り合いのように話しが弾み、時間も忘れるくらいであった。それは多分に彼女の話上手、聞き上手のおかげであると比呂志は思った。

気がつくと陽が沈みかけていたので、「今日はこれでさよなら」ということになったが、来月には「箕面の滝へ紅葉を見に行こう」との約束まで出来上がっていた。

比呂志は、大学へ行きたい希望は持っているが行けないかもしれないこと、でも最後まで希望を捨てないで頑張ることを、彼女は自分の生活環境のことや持っている夢などを互いに語り合ったのである。

彼女は、

「自分の母親は自分を生んだあとの肥立ちが悪くて、生後一カ月も経たないうちに亡くなった。また父は志願して軍隊に入った人で空軍にいたが、昭和十九年の冬に彼女の一歳の誕生日を待たずに戦死した。自分は初子であったことから天涯孤独の身になり、以後叔母さんに育てられてきた。当然、両親に甘えた記憶さえない。叔母さんには感謝しきれないものがあって、早く大人になって恩返しをしたいなと、常々思っている。そんなこともあって幼い頃から看護婦になることを夢みてきた。だから自分の進路は、高校を出たらまず看護学校へ入って、国家試験をパスして白衣の天使になることと決めている」と、あっけらかんと明るく語っていた。

それに比べて俺は両親の愛に恵まれ、その上まだ頼りにしている。何と情けないものだと、比呂志は自戒の念にかられていた。

比呂志には迷いがあった。

――やはりこの年頃になって女の友人は欲しい。目の前にこんなにすばらしい人がいるけれど、心の中にもう一人の人がいる。それは北田景子である。比呂志は自分で択一を迫っていた。

折もおり、それから数日後のこと。比呂志が買い物に出かけようと布引駅に向かっていた。そこへ向こうから学校帰りの北田景子が歩いてくるではないか。久しぶりに見る姿である。

ところが、彼女は比呂志と顔が見える場所まで来たときに、急に俯いて通り過ぎようとする。どうしよう、何か話しかけねばと思いつつ、彼女のこの仕草は何なのだろう、照れているのか俺を避けているのか……。比呂志が考え迷っているうちに彼女は行ってしまった。

ところが、それから二週間ほどたった頃に、また同じ場所で同じ場面に遭遇したのである。比呂志は即座に俺を避けていると判断した。それで何も声をかけずに行き違った。あとで思ったことであるが、北田景子の気持ちがどうであれ、男として比呂志が声をかけるべきであった。このことが後々まで悔いを残すことになるとは、その時は思いもしなかった。

そんなことがあって比呂志は雨宮雪絵とつきあうことになった。

今も尚　忘れ得ぬ人　心にあれど　爽やか笑みの　君と歩こう

高校生の二人だから、公園の花を楽しんだり史跡巡りをしたりと、必然的に金のかからないデートとなった。時には雪絵が弁当を作ってきたりした。

でも楽しい時期はそんなに長くは続かなかった。

つきあい始めて一年半が過ぎたある日のこと、雪絵が比呂志と会うなりポロポロ涙を流しだしたのである。いつもの爽やかな笑顔はどこに行ったのか、何があったのか。

しばらく泣いていた雪絵が、ぽつりと話し出した。

「叔母さんが肝臓病で入院したの。病状がかなり進んでいて黄疸症状が出ている。医師の話では、そんなに長くは持たないとのこと。これまで、私のために体に鞭打って頑張ってきてくれて……。なのに私は何もしてあげられない」

そう言うと、またこみあげてくるものがあってか泣きじゃくる雪絵に、比呂志は慰めの言葉が見つからずに困っていた。

それからは比呂志も何度も叔母さんを見舞ったが、見る度に顔が土色に変化しているようであった。三月後、叔母さんは静かに他界した。まだ五十六歳の若さであった。

今度は比呂志に哀しみの番がやって来た。雪絵との離別である。

雪絵を身よりのない大阪にひとり置いておけない、と親類筋で相談して決められたようである。雪絵自身は「一人でも大丈夫、大阪に残る」と頑張ったが、女の子ひとり置いておけないということで、福島県二本松市の叔父さんに引き取られることになった。

――二本松市か。高村光太郎・智恵子の安達太良山か。遠いな。比呂志は何かを予感した。高校三年生の春であった。進学など高校生にとって一番大事な時期でもあった。

比呂志は大阪駅へ雪絵の旅立ちを見送りに行った。雪絵にとって新たな旅が始まるのである。環境も季節感も違う所へ一人で行くのだ。

でも雪絵ならどこへ行ってもうまくやっていける。あの清々しい笑顔は誰にでも好かれる。初めは辛いかもしれないけれどきっと大丈夫だ、ちゃんとやっていける、と比呂志はそう思っていた。

比呂志にとって、東北の福島は遙か遠い北国である。心の奥では雪絵とは、もうこれでおしまいだと予感していた。そう思うとしばらく言葉も出なかった。

こんないい子は誰も見過ごしはしないよ。これは俺からの旅立ちでもあるのだ、と自分に言い聞かせていた。

雪絵の「ヒロ、なんで黙っているのよ」の声に、比呂志は我に返った。

「これからは手紙の往復ね。きっとまた会えるのを楽しみにしているわ」

「ユキ、きっとまた会おう。頑張れよ」

比呂志には、そう言うのが精一杯だった。けれんみのない雪絵の言葉が、つらく比呂志の耳に残った。

発車のベルが鳴った。雪絵は握手した比呂志の手をなかなか離さなかった。

雪絵の頬に涙が伝っていた。比呂志の胸が熱くなった。

見送りの級友たちも声をあげて泣いていた。

やがて汽笛の合図とともに、雪絵を乗せた北国行きの列車は静かにホームを離れ、夕闇のかなたに消えて行った。

何となく　生きては会えぬ　この別れ　虚ろにかすむ　またねの微笑み
別れの　哀しみよりも　今はただ　旅立つ君に　せめてのエール

岸首相の時代である。岸政権では二年前に売春防止法、いわゆる赤線廃止を果たしていたが、今回は政府が手順を踏まずに、日米新安保条約に調印という大事をやってしまったのである。昭和三十五年一月のことである。

これに学生など革新陣営が猛反対し、その年の五月の法改定阻止に向け、安保闘争が全国的に展開されていった。

比呂志はクラスの仲間達と御堂筋デモに参加した。体制への反発精神からであった。比呂志にとっては、雪絵と別れた寂しさを何かで発散したい気分でもあった。

難波から御堂筋を通って扇町公園まで、「安保反対！　岸を倒せ！」の気勢をあげて、デモは連日にわたって続いた。

東京では三十五万人とも言われる大集会が開かれた。国会への警官動員や全学連の突入で死者が出るなど一触即発状態となったが、結局は与党の単独採決と期限経過による自然成立で、民衆の抗議が実ることはなかった。最後は法案成立後岸内閣退陣で決着という、与党の常套手段で収拾というパターン通りの後味の悪い結末となったのである。

むなしさだけが残った。権力の大きな塊のようなものが、大衆の目に見えぬところに存在しているように思えた。民主主義にも限界があるようにも思えた。

だから人は大学へ入り社会で、権力の座を目指すのかとさえ考えた。自分の好きなことをより深く探究し、社会に貢献する。それが本来の学問のあり方なのではないか。大学って何だ。俺の場合はそこで何をしたかったのか、と自問自答した。

理屈を言えば世の中の体制に問題はいっぱいある。でも、それが社会の仕組みである。この安保反対活動への参加も、比呂志にとって結局は雪絵との別離によるフラストレーションのはけぐちであったのかもしれなかった。

願望・シャボン玉のように

高校生になって、三度目の夏休みが来た。

比呂志は、これまで夏休みや冬休みには必ずアルバイトをしていた。一度、郵便局の年賀配達をした以外は、すべて霰屋《あられ》でのアルバイトであった。

いずれは自分で学費を稼ぐ必要もあるという名分もあったが、本も買いたいし、遊びたい。それにデートの費用も欲しかった。とにかく自分で働いて収入を得る体験をしたかったのである。

アルバイト先は「浪花あられ」という霰屋で、いつも級友三人で行っていた。

その霰屋は南海電車・新今宮駅のガード脇にあり、電車の轟音と霰を煎る釜の熱さに音《ね》をあげながらも、アルバイト期間中は休まず働いた。

比呂志のアルバイトの仕事は、練った霰の材料が前工程から流れてくると、それを釜に入れて煎りあげる工程で、煎りあがった霰を別の器に移して次の味付け工程まで運搬するのが役目であった。

この釜の熱さが格別で、特に夏などは滝のような汗をかく。大きな工場用扇風機がその汗を飛ばしてくれるが、始めは熱さに耐えられずに水をガブ飲みしていた。

「水を飲みすぎると体力を消耗してしんどくなるよ。水はほどほどにしなよ」と現場のおじさんに教えられた。おじさんたちは殆ど水を飲まないで、平気で釜の前で仕事をしている。

そのうち比呂志も体が順応してきたのか、あまり水を飲まないでもよくなった。でも、この釜の前で仕事をする熱さは強烈であった。

次の味付け工程には仲間の栗畑がいた。味付けされたばかりの熱くて香ばしい霰を新聞紙に包んで、時折「味見だ」と言って差し入れに来る。工程を流れる商品が変わる度に栗畑が持ってくる「味見」の霰は旨かった。これが楽しみの一つであった。

アルバイト先での仕事の分担は、三人がじゃんけんで決めたことだから文句は言えないが、もう一人のアルバイト仲間の西山は事務所にいた。

ふと事務所を見ると、涼しい顔をしてガラスの向こうから手を振っている。「あの野郎」と思いながらも、ひと月はすぐに過ぎていった。

冬休み　浪花あられの　アルバイト　運んで箱入れ　香ばしき汗

夏休み　浪花あられの　アルバイト　煎って運んで　苦き滝の汗

その最後の夏休みは早めにアルバイトを切り上げて、能登半島に旅行することになっていた。級友の浜中と竹田との三人旅であった。

旅行といっても、原則的に食事は自炊で、列車の通ってないところはできるだけ徒歩で、野宿も辞さずとにかく若さと体力を生かそう、こんな趣旨で行こうと決めた。

三人は天王寺駅から出発した。

車中三人は旅行資金をいかに稼いだか報告しあった。比呂志は滝の汗を流して働いたこと。浜中は病院で死体洗いのアルバイトをしたこと。死体と思うと辛いので物体と思ってやった。賃金は高いが毎日は仕事がなくて、結局滝の汗と変わらない報酬であったこと。竹田は百姓の息子で家の畑の手伝いをやらされたが、暇をみてトマトをリヤカーに積んで売りに行ったこと。それぞれに、頑張って旅費を工面したことをお互いに讃えあった。

列車は北陸本線を走っていた。まもなく金沢であった。金沢到着の二十分程前に、車窓は大きな工場を左右に見せていた。「北陸製作所」と工場の屋根に大きな社名が表示されてあった。比呂志は何気なく見ていたが、一年後この会社に入社することになるなど思いもしなかった。

その夜は金沢駅のコンコースのコーナーに格好の場所があったので、三人はそこに新聞紙を敷き、着たきり姿で仮眠した。

早朝の列車に乗った時、体が痒いので二の腕を見たら、蚤にかまれたのか赤く腫れていた。浜中も竹田も痒い痒いとあちこち掻きまくっていた。

「そういえば、朝起きたとき横にボロをまとった人が寝ていたな。きっとあの人が蚤か虱を運んできたんや。してみると、あそこは元々あの人のねぐらであったのかもな」

「それなら領域を侵した俺たちが悪いのだ」などと話していた。

次の夜は能登内浦の恋路海岸にテントを張り、飯盒で飯を炊き野営した。翌日はここから禄剛崎へ行き、そのあと曽々木海岸を経て輪島に出る予定でいた。

当時の国鉄は内浦では宇出津が終点であった。その後、珠洲から蛸島まで路線が延長されたが、今は第三セクターの「のと鉄道」が運営している。

次の日、三人は炎天下を歩きに歩いた。暑いと言っては、その場で裸になって海に飛び込み、通りに車を見かけるとヒッチハイクした。狼煙《のろし》の禄剛崎までの約五十キロの道のりであったが、夕刻には禄剛灯台に到着した。

そこでテントを張り、飯盒でごはんを炊くのに近所の民家に水を貰いに行った。

その家のおやじさんは三人の姿を見て「家に泊まってもいいぞ」と親切に言ってくれた。だが、「テントを張っているので」と辞退すると、この家の夕食に用意していたのであろう魚の干物をくれた。それも焼きたてのものである。いい匂いがしていた。

途中でトラックに乗せてくれた運転手といい、この漁師といい、田舎の人々の親切をほんとにありがたいと思った。

翌日は上時国家・下時国家を訪ね、曽々木海岸では怒濤寄せる岩場で泳いだ。

海からあがって五分もすると照りつける太陽で肌が乾いて、塩の粒が肌にキラキラと輝いている。何と潮の濃い海だろうか、さすがに日本海だなと感心したものである。いつも泳いだ西宮の香櫨園浜や堺の大浜の薄水色の海に比べ、晴れた夏の日本海はまさに紺碧の海であった。

この無垢の自然界に感激しながら、また歩きに歩いた。もちろん道行くトラックのお世話にもなったが、夕闇迫る頃やっと門前にたどり着いた。なぜ輪島を通り越えて門前まできたのか、そこには総持寺祖院があったからである。

最初の疲れが出始めていた三人は、誰が言い出すともなく「そろそろ畳の上で寝たいな」ということになった。しかし、日程はまだ半分も消化していない。もちろん潤沢な資金があるわけはない。

そこで、宿坊のある総持寺に行こうと決めたのだ。

だが一つ課題があった。お金を払って泊めてもらうのは簡単である。しかしそれでは味気ない。三人で考えた結果、「持ち合わせの米、一人一合で一泊させてもらえないか」と、お願いしてみることになった。交渉は誰がするか、じゃんけんで決めた。浜中が交渉者となった。

三人は宿坊の入り口に立った。若い僧が出てきたが、用件を言うとすぐに少し年輩の僧が出てきて、

「お申し出はよく分かりました。どうぞお泊まり頂いて結構です。なお、朝の礼拝が六時から始まりますので、できればご参加を頂ければと思います」と言葉遣いは丁寧であったが、威厳のある物言いであった。これも修行による風格なのであろうか。その場での三人は、朝の礼拝に参加しなければいけないと思っていた。

早速三人は部屋に通された。十二畳はある広い部屋であった。食事は部屋まで若い僧侶が運んでくれた。久しぶりに畳の部屋で食べる夕食は、とてもおいしく感じた。

三人は疲れもあったのか、ぐっすりと眠った。浜中が夜中に何やら寝言を言っていたが、それは一瞬聞こえた程度で再び鼾をかいて深い眠りにおちていった。

比呂志がそのざわめきを聞いたのは、午前四時くらいであった。小便に起きた時に時計を見たから間違いなかった。寺の若い僧達が、せっせと廊下を雑巾掛けしていたのである。比呂志が再び寝床に戻ってウトウトしていると、やがて大勢の僧の読経が聞こえてきた、もう六時かと時計を見たら、まだ五時であった。

その次に、ひときわ大きな読経が聞こえたのは、もう部屋に朝日が射し込む時間で六時を過ぎていた。比呂志が他の二人を見やったが、「ぐーすか」と鼾をかいていた。比呂志は皆疲れているんだなと思って起こさずにいた。

少し寝坊はしたが、三人は疲れも取れすっきりした顔で、繰り返しお礼を言って宿坊を後にした。

三人は、そのあと宇奈月・黒部から信濃大町・松本、川中島、名古屋経由で大阪まで無事帰ってきた。

道中、予算は少ないが時間はたっぷりあることから、列車はできる限り鈍行に乗ろうやと決め、ほぼ予定通り実行してきた。だが輪島から穴水にでる際、次の連絡と待ち時間を考えて、やむなく急行に乗った。急行券は買っていない。

ローカル列車で車両は四両連結、車掌が二回検札に回ってきた。三人は車掌の動きを見ながら分散してトイレに行き、或いは車両を移動して何とか検札をクリアした。たとえ小事でも悪いことと分かっていたのでびくびくしたしスリルも味わったが、何となく体には良くないことだと思った。

こうして十日間にわたる暑く長い三人旅は終了した。青春の貴重な一ページである。

高校生　テントかかえて　能登半島　三人旅に　人の情厚く

夏が過ぎて秋も終わろうかという頃であった。放火犯の容疑者と噂されていた、というより比呂志から言えば、プロ野球への入団を目指していた千田が死んだことを知らされた。自殺ということであった。

千田は放火を否認していたし、実際に放火犯であったかどうかは分からないが、警察では厳しい追及を受けたに違いない。余罪も詮索されたらしいと聞いた。結局、未成年ということで保護観察処分となった。

しかし千田にとって、夢に見たプロ野球入りを断念せざるを得なかったことが、最も残念でショックなことであったに違いない。仮に千田が真犯人でなかったなら、警察は一人の少年の夢を、そして人生までも踏み躙《にじ》ったことになるかもしれない。比呂志は、あの世に逝った千田に本当のことを聞きたいと思った。

同じ頃、久しぶりに神岡に会った。いつものように元気の塊のような男であった。

神岡はスポーツ少年団の代表として、東南アジアとの交流訪問にも選ばれて参加するなど地域のスポーツ振興に協力し、地元では活躍していた。

中学三年生の時、彼は高校への進学を迷っていて準備をしていなかったこともあり、とりあえず天王寺高校の夜間部に入学し、途中から昼間部に編入するつもりだと言っていた。

結局、「二年生終了時点で昼間部に編入できたが、大学受験は一年遅れる」と相変わらず淡々と我が道を行くといった感じで話していた。

比呂志は、彼の決然とした態度に比べ、いまだに迷っている自分を情けなく思った。

比呂志の高校では、もう就職斡旋が始まっていた。

比呂志は、改めて自分を取り巻く状況を考えた。父の健康状態は芳しくなかったし、兄や姉には自分たちの所帯のこともあるだろう。また弟二人は、まだ小学五年生と中学二年生であり、これからは幾らかでも比呂志の助けが必要であろう。

自分のことだけを考えてもよいという状況にはなかった。だから、比呂志は成り行きに任せようと思った。

そうこうしているうちに、年が明け高校生として最後の学期を迎えた。この時点で、比呂志は進学を諦めていた。自分の意志で決めた結論であるが、シャボン玉が力つきて空に消えゆくように、願望が一つ消滅していった。

でも今はとにかく結論を出して、早く次のステップに向かう方がベターと判断したのであり、比呂志はもう明日のことを考え始めていた。

進学を　あきらめし夜は　ただひとり　明日の夢求め　街をさまよいぬ

悩み抜いて決めた結果であるが、本当に自分にやる気があれば、またチャンスもあると自分に言い聞かせて決めたのである。もちろん誰を恨むものでもなかった。

それから、とにかく就職先を決めておこうと、湊町にある化学装置の機材製造会社への入社手続きを取っておいた。世の中は岩戸景気も終わりを告げようとしていた、また就職活動は終盤を迎えていて今更選択できる立場にはなかった。だから、比呂志は学校からの大阪工機の紹介には、すんなりと従った。

高校の卒業式を終えて社会へ出ることになったが、残念ながら潑剌とした新入社員というのではなかった。夢はこれから自分で探し育んでいけばいい、そんなつもりでいた。

大阪工機では、旋盤・溶接の現場作業から資材調達、配属予定職場の設計など、一通り実習で体験した。先輩の方々からは期待の新人ということで、親切にご教示頂き本当にありがたいと思っていたが、内心では一時的な職場のつもりでいたので申し訳ない気持ちでいっぱいであった。ただ、この会社はオーナー一族で仕切られており、活気にも乏しい気がしていたこともあって、じっくり考えて自分で選んだ道を歩いていきたかったのである。

大阪工機に就職して半年程経った頃、北陸製作所が社員募集していることを知った。その会社は急成長を遂げつつある有望会社であること。機械メーカーであり、エンジニアになれる道もあるかもしれない。それに高校時代に能登へ旅行した時、車窓から見た工場は何か活気がありそうだと感じたことなど、因縁めいたものもあった。早速応募したところ、管理部門の事務員でなら採用するとの通知をもらった。とにかく、この会社で頑張ろうと決意を新たにした。

昭和三十六年十月、比呂志は平端市にある北陸製作所の西日本工場に入社した。入社してしばらくは家から通勤したが、二時間もかかることから隣接の宮川市にある社員寮に入ることにした。

これで何とか自分で決めた道を歩き出すことになりそうであった。

五　白き情熱

無我夢中・為せば成る

北陸製作所の西日本工場は二十六万坪と機械メーカーとしては広大な敷地であった。工場は当時主力のA地域と、これから生産の中心となる予定のB地域に別れていた。A地域には総務部や開発設計部などの、本館と言われる事務所や鋳造工場、特機工場があり、比呂志の所属する企画部や資材部、それに機械・板金の工場と組立工場などは、B地域にあった。B地域はまだまだ空き地が多く、そこに押土機などの製品が配列されていた。

比呂志が驚いたのは、工場の中に巡回バスが走っていたことである。確かにA地域から

Ｂ地域まで歩けば三十分はかかるから、当然かもしれなかった。

比呂志が配属された職場は企画部計画課で、工場内への製品の生産計画や原価計画を立案し、指示し、調整する部門であった。

その中で比呂志は、市場に出た機械の補修用部品の製作指示グループに配属された。配属後一週間は工場内の現況や部門の役割、具体的な仕事のやり方などの研修期間にあてられた。

この社の製品は耐久消費財であることから、補修部品は重要な要素であり、建設工事現場で使用中の機械が故障や部品摩耗等で機械が休止すると、建設工事がストップしてしまい、お客にとって大きな損害となりかねない。従って補修部品の供給は緊急を要するのである。特に在庫のない補修部品は超特急で製作し供給しなければならない。

比呂志は、この緊急部品（社内ではＥＯと呼ばれていた）の製作指示担当となった。

製作指示は、ＥＯを表す赤で縁取りされた製作指示書に、品番・部品名・数量・納期それに内外製区分・製造工程手順など必要事項を記入して、製造部・鋳造部・資材部などの関係部署に指示するのである。

最初、比呂志は新人の自分が書いた伝票で、工場の各部門が指示に従って生産・調達することに緊張感があったが、それより部品を待っている工事現場に速く届けたいと思う使命感の方が勝っていて、迅速に的確な指示をするように努めた。

お客の要望に応えて短納期で部品を製作・調達するには、製作指示という伝票一枚を各部門へ流すだけでは駄目であった。担当部署に行っては、急ぐ事由を説明し緊急手配の協力をお願いしてまわることも、しばしばであった。

各職場をまわって比呂志が気づいたことは、この会社には部門の中堅クラスである係長にかなりの年配の人が座っていて、しかも皆同じように変わった言葉を使うということである。

例えば「なにユートルガヤ、テンポナもんじゃのう。そらダチャカンぞいな」と。これは、「一体何を言っているの。その話は深く考えてもいない出任せではないか。理屈が通ってないからダメだよ」の意味である。北陸地方の方言まじりの言葉だそうだ。

このように会話の中に方言がポンポン出てきて、当初は何を話しているのかわけが分からず、先輩に説明してもらってやっと理解したものである。

この西日本工場は昭和二十七年に開設されたばかりで、中途採用の社員が多かった。

それで新工場の運営を早く軌道に乗せるべく、北陸の主力工場から業務に長けたベテランを西日本工場に集めたとのこと。だから年配の係長が多いけれど、「口は悪いが律儀な県民性だから安心しなよ」とは先輩の言葉であった。

比呂志が配属されて半年程過ぎたある日、営業所から電話がかかってきた。「手配中の部品はいつできるのか。お客が営業所にきて『機械が止まっている。速く部品を出せ』と文句を言っている。なぜそんなに時間がかかるのだ。工場には機械本体があるだろう。そこから取り外してすぐに送ってくれ」と、かすかに聞こえ難い小声で話すのである。

当該部品は旧型で、それを搭載した機械本体はない。特急製作することで、その場はとりあえず了解してもらった。

その補修部品は二日後に製作できて直ちに発送した。部品到着後に営業所からお礼の電話があった。

「実は先日の電話の折は、お客の従業員で血気にはやる若い者が血相変えて乗り込んできていた。お客も死活問題であったらしいから、その場は代替機械を出すことで納得してもらった。補修部品の到着が遅れると代替機械の賃借料が嵩んで、また別の問題を起こしかねないところであった」と。

あの日の電話が小声であったことの意味は分かった。それに自分の担当業務が営業の一線と直結していることを実感した。

補修部品に関わる業務をその後二十年余り担当したが、「すぐ寄こせ。機械本体から外せ。責任者を出せ」などと切迫した要求は、日常茶飯事のようにあった。

この業界は特に、景気が良いと機械本体が売れるが、景気が悪くなってくると部品の交換による補修整備で対応するといった傾向がある。だから、比呂志の職場は世の中の景気連動と違って、不況時に忙しくなるという現象があった。

北陸の　訛《なま》り激しき　上役の　言葉そしゃくが　仕事の一歩

新入りの　我が発行の　伝票で　工場動く　責任ひしと

比呂志が入社した頃、会社は大きな試練に立たされていた。資本の自由化が拡大され、世界の五十パーセントのシェアを持つ競合のトップメーカーであるC社が、日本一の重工業メーカーのM社と合弁会社を作って、日本に上陸するという。

これに対応して会社は全社あげて迎撃運動を展開したのである。

その中心は品質向上であった。機械本体を構成するすべての部品を徹底的に見直し、コストを二の次にして耐久性と整備性の向上を図るというのである。会社にとってはもちろん、従業員にとっても死活に関わる問題である。

ＪＩＳを無視して品質向上を目指した。実験車製作から市場導入まで、さらに日本の国内のみならず世界トップへの躍進に向けて、徹底した対策が練られ実行された。また、単に製品の品質だけでなく、経営・開発・製造・営業などを含めた総合的品質管理も導入された。会社はこのプロジェクト活動に約四年の歳月をかけた。

その結果、ライバル社の日本上陸後も、従来の日本での六十パーセントのシェアを堅持しつつ世界へ飛躍していくことができたのである。

比呂志はこの時点では新入社員であったので、直接この活動に寄与できなかったが会社には活気があり、自身も楽しく仕事ができていたから、何か期待の膨らむ思いをしていた。

望郷の唄・何故か懐かしく

北陸製作所に入って、四年も経つと友人もたくさんできた。

寮生活も楽しかった。寮の部屋は六畳と三畳間に炊事場が付いていた。寮は二人一部屋である。比呂志の部屋の相棒は、小豆島土庄の出身で、技術部所属の坂田という二つ年上のおとなしい人であった。

雨宮雪絵からは季節の便りなど、折に触れて手紙が来ていた。比呂志も欠かさず返事を出していた。雪絵は県立の高等看護学校に入り、一途に看護婦への道を進んでいるとのことであった。「会いたいな」と、いつも手紙に書いてよこした。

北田景子から、旅行先の宮崎・鵜戸神宮の絵葉書をもらったのもこの頃であった。

当時、会社では毎月のように宴会があった。若手の比呂志は皆から酒を飲まされ、初めは顔が青くなり、胃のあたりがドキドキして吐きそうになった。そのうち慣れてきたのか顔が赤くなり、吐き気もしなくなった。やがて顔にも出ないようになり「平城山君は酒が強いな」と言われたりもした。

普段、寮では近所の風呂屋に行ったあと、寮のそばの食堂でビールを飲むのが日課のようになっていた。ビールを飲むと言っても、当時はやりのアサヒ・スタウトという小瓶一本である。当時は一万二千円の給料で、少しは家にも仕送りしていたし、会社帰りにも友人と飲みに行ったりしていたから、風呂帰りのビールは贅沢であったのかもしれない。

飲み仲間に黒田信夫という四つ年上の、会社では倉庫の出庫係をしている人がいた。

黒田さんは話が好きで、また上手であった。比呂志が気分転換したい時は何か出庫すべき物はないかと探しては、この人のところに行き、少しだべって帰ることにしていた。

黒田さんは鹿児島の出身で、就職列車に揺られて関西を通り越し、東京まで行って大田区の鉄工所で四年間働いたあと、東京の空気が合わずに関西へ来たと言っていた。だがこれは表向きで、実際は新宿の歌舞伎町で借金をこしらえる程飲み歩き、身体を壊してから目覚めて、少しでも故郷が近い大阪にとこちらにやって来たらしい。

この人は、よく歌謡曲を口ずさんでいた。「別れの一本杉」「りんご村から」「おさらば東京」「あゝ上野駅」など、みんな自分の体験に共鳴する歌だそうである。そして、

「演歌はいいな。故郷を思うと、苦労をかけたお袋の顔が浮かぶよ。友達も皆都会に出て、田舎に残っちょる者は少なくてね」

まだ若いのに、いろいろなドラマがあったに違いないと思った。

比呂志が子供の頃、友達が夏休みや冬休みに「田舎へ帰る」と言って、しばらく家を留守にすることがあった。彼らが帰ってくると、淡路島の海だの、福井・大野の雪だの、四国・祖谷の吊り橋だのと得意げに話すのを聞いて、とても羨ましく思ったものである。比呂志には父や母の帰る田舎もなければ、自分の生まれ故郷も跡形もなかったから、ただ頭

の中で彼らの故郷を想像しながら黙って聞いていた記憶がある。

黒田さんの口ずさむ歌は比呂志も聞いたことがあり、故郷のない比呂志にも郷愁を誘われるものがあった。

三橋美智也や春日八郎の歌は、比呂志が中学生になった頃、友達が歩きながら大きな声で歌っていたのを覚えている。比呂志は母から歌謡曲を歌うのを禁じられていた。お前が歌う歌は他にある筈だと。でも三橋美智也が歌う故郷の歌は、その高音の美声とともに耳に残っていた。

多くの人を魅了したのであろう。いつかＮＨＫの「黄金の椅子」という番組での紹介であるが、昭和三十一年だったか、確かその年発売された歌謡曲のレコードの四十パーセントをこの歌手の歌が占めたとあった。圧倒的な支持である。また彼は民謡出身の歌手であり、民謡も含めて生涯二千五百曲のレコードを出しているとか。

比呂志の感覚では、彼の哀愁のある高音は十年足らずと短かったように思われる。爆発的なレコードの売れ行きと、それに応えるための過酷な日程、その天性の美声も所詮消耗品の扱いであったのか。幼い時から苦労してきたと聞く。向学心もあって二十四の歳で高校の門をくぐったとも。

人生の後年、声の衰えを自覚して事業に手を出したが失敗し、一世を風靡した歌手としてダントツのレコード売り上げの実績を持ちながら、その歌手としての後年は何とも寂しい生き様ではなかったか。一ファンとしてつくづくそう思う。

あの天才的歌手と言われた美空ひばりは、確かに表現力の豊かな歌手であった。子供の頃から歌手活動をしているが、出したレコードは三橋美智也の半分だという。歌手生活の中程は大したヒットもなかったが、病魔に襲われた前後の数年に再び開花するようにヒット曲が出る中、惜しまれて他界していった。

二人の人生は最後の幕引きの違いで大きく明暗を分けたように思え、比呂志はここに人生の二面の縮図を見た気がするのである。

黒田さんは、その後も酒をよく飲んでいたようである。職場が変わってから比呂志とは、つきあいも少なくなっていたが、四年後の二月に亡くなった。

奥さんの話によると、夜中トイレに起きたが戻ってこないので様子を見に行ったら、便器にもたれかかるようにして死んでいたというのである。血圧が高く医師からも飲み過ぎないよう注意されていたが、その日も酒を飲んで夜遅くに帰ってきたという。そして寒いトイレに入って血圧が急上昇し、急性の心筋梗塞で亡くなったらしい。本人は一瞬の苦しみで他界したが、残された家族はどうなるのか。

亡くなった夜に見た、夫の突然の死に直面して泣き叫ぶ奥さんの姿、まだ小学生の息子さんの虚ろな目が、比呂志の悲しみを倍加させた。

男の人生って何だろう、比呂志は辛いものを感じた。

流れ来る　郷愁さそう　望郷歌　田舎なき我の　心にもしみる

心の支え・父の死

北陸製作所に入社して一年半を過ぎた昭和三十八年の夏のことである。

比呂志にとって会社の仕事もやっと分かり始めて、軌道に乗りかけた頃であった。

父が亡くなった。葬儀は七月十六日、真夏の炎天下で行われた。

それは祇園祭の宵山の日で、梅雨も明けてカンカン照りの中、比呂志は兄の芳久仁とともに参列の人たち一人一人に挨拶をしていた。

二人は二時間以上も、容赦なく照りつける炎暑の中に立っていた。モーニング姿の背中は滝の汗である。首筋には乾いた汗が塩の粒となって浮き出ていた。父にとって長い闘病生活であった。その父の無念さを象徴するような暑さであった。無念の塊が炎となって燃えあがり、地上を焦がすような気さえした。大勢の参列者の方々に見送られて、父は黄泉の国へと旅立っていった。

5　白き情熱

父の容態が悪化して、逓信病院に救急車で運ばれたのが四月の終わりのことだった。それから一週間後の手術が終わった頃に、比呂志は病院へ見舞いに行った。

その時、父はベッドに座っていた。その姿を一目見たとき比呂志は胸が詰まった。全身に黄疸症状が出ていて皮膚も目もすべてが黄色に染まり、人間らしき人肌の色はどこにもなかった。父の視界にある情景はきっと黄色一色に見えているであろうと思われた。込み上げてくる涙を留めるのに困った。

父は努めて平静を装っていたのであろう。「よく来てくれたな」一言そう言った。笑おうとした顔が不自然にこわばって見えた。「しばらく入院することになるよ」それで、夜は家族が交代で看病することになった。当時は会社も日曜日しか休みがなかったから、毎週土曜の夜から日曜の朝にかけてが、比呂志の担当番となった。

父の病気は当初は胆石であったが、放置された状態が続いた結果、やがて肝臓がガンに冒されていて、医師はもうダメだと宣告したそうである。それでも一縷《いちる》の期待で手術することになったが、やはり医師の見立てのとおり患部は手の施しようのない状態になっていることから、何の処置もせずにそのまま縫合したとのことである。このことは母と兄しか知らず、父が生存しているのにショックを与えてもいけないと配慮して、皆には言わず二人の胸のうちに納めていたというのである。

それでよかったのかもしれない。父の死後に知らされた時、比呂志はそう思った。知っていたら、きっと父への接し方も変わったであろう。不自然な態度となったかもしれなかった。

比呂志が看病の夜は、「仕事で疲れているのにすまないね」などと、病床に伏しながらも気を遣う人であった。多分、父自身は余命幾ばくもないことを感じていたであろうに。

それは何とも表現し得ない感覚で比呂志を取り囲んでいた。今日は水曜日である。午後の二時頃から何だか落ち着かない気分になって、事務所と現場をウロウロしていた。

――父が呼んでいる。いつもと違う。病院へ行かなければ。俺を待っている。

比呂志は先月末に服を買ったこともあって、金欠病にかかっていた。でも今はそんなことを言っている場合ではない気がした。とりあえず友人に電車賃を借りた。もどかしい時間が過ぎて、定時終業するや会社を飛び出して病院へ向かった。

ベッドの上で、父はものも言わない状態で横たわっていた。でも息はあった。片足を折り曲げては倒す動作を繰り返していた。時々プーッと音をたて、苦しげに息を吐いたりした。それが二時間ほど続いたあと、だんだん動きも治まり静かな呼吸になった。小康状態かと思ったが、医師が脈をとっていた。

やがて瞼を開いて懐中電灯で瞳孔を確認すると、「ご臨終です」と静かに宣告した。あっけない終焉であった。初めに姉が「お父さん」と言ってワッと泣き伏した。比呂志も「お父さん!」と叫んだ。しばらく涙もでなかった。

七月の暑い夜であった。その時、どこからかスーッと一陣の風が病室を吹き抜けた。

病床《とこ》に伏し　酒樽屋のボン　なりし頃　ふと語る父　我に夢託し
黄泉の国　何故に急ぐか　お父さん　呼べど応えず　そっと死に水

比呂志に父の死の本当の悲しさがこみ上げてきたのは、葬儀も無事に終わって寮に帰り、再び以前の生活に戻ってからのことであった。

その日は初秋の日曜日であった。寮の相棒の坂本さんはどこかへ出かけていた。比呂志も外から帰ったばかりであった。何気なく机の抽出をあけると、そこに父からもらった比呂志への成人のお祝いに添えられた手紙があった。

改めて見る手紙は職場で学者という渾名《あだな》で呼ばれていた父らしい、達筆の文字がきっちり紙面を埋めていた。それを読んでいて、父の思いやりや人となり、多くの人々とのふれあい、それに病気がちで思い残すことの多かったであろう六十年の人生が彷彿されて、父の胸中を思うと比呂志の胸に万感迫るものがあった。

昼下がりの寮に一人という雰囲気も加担してか、急に比呂志の目に涙があふれ出て、まるで子供のように泣いた。素直に泣くことの少なかった子供の頃以上に泣いたかもしれない。今改めての父との惜別の涙であった。

父の亡くなった昭和三十八年は、十一月にケネディ米大統領が暗殺され、年の瀬の十二月には力道山が暴漢に刺殺されるなどの事件が続いて、忘れ得ぬ年となった。

死して後　父からの手紙　読み返し　思いこみあげ　嗚咽とまらず
歳かさね　やっと悟りし　父の理念　因果応報　世のため人のため

六　桃色のカーテンのある窓辺

光石貞子は比呂志と同じ会社の技術部に所属していた。

比呂志の所属する部門では補修部品を取り扱っていたから、必然的に何年も前に生産していた機械本体用の部品図、即ち旧型の部品図を技術部に出図してもらうことが多かった。それらは図面収納庫の奥底にあり面倒な筈であったが、光石貞子はいつも素早く出図してくれるので、比呂志の職場の皆は助かっていた。

技術部は会社のA地域にあり、比呂志の職場はB地域にあった。図面の出図要請は伝票で、確認は電話でするうえ、伝票や図面は社内郵便車が集配してくれるので、比呂志と光石貞子は滅多に顔を見て話すことはなかった。一度だけ比呂志は光石貞子に「どこかに遊びに行こうよ」と声をかけたことがあるが、適当にはぐらかされていた。

ある日会社からの帰りに平端市駅でばったり会った時、もう一度デートに誘ったらＯＫの返事が出て、次の日曜日に奈良へ遊びに行くことになった。

奈良公園から新薬師寺、白豪寺を歩いた。途中二人の話は弾まなかった。無理もない、彼女はまだ高校を出たばかりであった。

きっとデートなんて初めてであったに違いない。二人はぎこちないまま別れた。

それから何度かデートはしたが、恋人とかではなく、会社の知人の延長であった。でも比呂志は初めて会った時から、何となく光石貞子との縁を感じていた。

知り合って五年目、二人は結婚の意思を固めていたが、貞子の家では親が薦める人がいたらしく、二人の結婚に反対された時期があった。

二人はこれから先どうしようかと、あてもなく街を歩いたり、公園のベンチに座ったり、ただ無為に時を過ごしていた。その時つい口ずさんだのは「星影のワルツ」である。これは哀しい別れ歌であり、最悪の事態を想定したわけでもなかったのに、自分たちを悲劇の主人公にしようとしていたのかもしれない。

でも二人は反対を押し切ることに決めた。結局二人は結婚にこぎ着けた。丁度、大阪万国博が開催された昭和四十五年、比呂志が二十七歳で貞子は二十三歳の時であった。

めぐりあい　半生共にと　誓いつも　添えぬ仲かと　星影のワルツ

その頃、会社は次代を担う新商品の掘削機を本格的に市場投入しようとしていた。それに伴う開発と製造の連携強化などの目的で、A地域は鋳造部と特機部を残してB地域に集結していた。

ある日、比呂志が本館事務所を歩いていると、掘削機の総合管理担当の西黒部長に呼び止められた。この人は比呂志が入社した最初の職場の上司であった。当時は係長であったが、あれから七年経って今は部長となっていた。豪放磊落な人で常に先見の明を持ち大所高所にたって物事を判断する人で、比呂志も尊敬の念を抱いていた。

その人に、

「平城山君。久しぶりだね、元気でやっているか。ところで光石さんと結婚するらしいね。いい人を見つけたよ、君は人を見る眼力があるようだね。とにかくおめでとう。光石さんは仕事もきっちりやるし、何よりよく気がつく人だよ。それに可愛いしね。きっといい奥さんになるよ」と言われた。まだ正式に連絡もしていないのに、我々が結婚することを西黒部長にまで知られているのかと逆に驚いた。

でも自分の伴侶となる人のことを誉められて悪い気がする筈もなく、自分の選択が正しかった気がして嬉しかった。

貞子は農家の娘で女ばかり五人姉妹の四女であった。比呂志には田畑のことはよく分からないし、何町歩あるとかは聞きもしなかったが、近郊農家にあってかなり広い田畑を所有しているようであった。それでも貞子は、子供の頃から欲しい物は思うように買ってもらったことがないとか、貧乏だったとか言っていた。

世間では派手な金使いは成金者がすると言い、金持ちは細かいとも言うが、表面的なことでは裕福と貧乏は判断できない。それはともかく、貞子はよく動く働き者であったことは間違いなかった。

新婚当初は関西でいう文化住宅に住んでいた。新築といえども作りが粗く、隣家の話し声がよく聞こえた。両隣とも新婚家庭のようであった。

仕事を終えて会社からの帰途、路地を曲がって数軒先のわが家の窓にピンクのカーテンが風にそよいでいるのを見ると、彼女はもう帰って夕餉の支度をしている、そして二人は結婚したのだなと改めて思った。胸の中の至福の時でもあった。

とにかく二人は自分たちの家を持とうと話し合った。比呂志は疎開先での窮屈な生活が頭にあったから、自分の家を持つことにより強い願望があったのかもしれない。貞子は子供ができるまで働くと言った。

そんな思いとは裏腹に、一方でしばらくは二人の生活をエンジョイしようという気持ちもあって、よく旅行をした。

日本三景を見ておくべしと、残りの仙台・松島へ。芭蕉の足跡を訪ねては山形・立石寺へ。チューリップなら新潟へ。桜鯛を食べに淡路島へ。学問の神様よと太宰府天満宮へ。瀬戸内の初日の出は船で周防灘へ。陸の突端半島なら伊良湖岬。五つの沼の水の色が全て異なるという神秘を見に磐梯五色沼へ、など思いつくままに旅したものである。もちろん近郊のハイキングや寺社、花の名所巡りも加わった。

もう少し後になるが西国四十八カ寺の札所巡りもした。お寺はいずれも僧の修行の場であり、山深い高所にあることが多い。近頃では自動車で登っては朱印帳に印を貰い、一日数カ所もまわる人が多いが、比呂志と貞子は、修行僧と同じく殆ど山麓から歩いて山を登り、参詣したものである。

この頃、大手のハウスメーカーが近郊の山を切り開いて大型の宅地開発工事をしていたが、希望者に先行販売するとの情報が入った。少し交通の便は悪いが会社からはそう遠くもないことから、なけなしの金を叩《はた》いて一区画七十坪の土地を買った。

世の中はいざなぎ景気を過ぎていたし、オイルショックもあって先行きの経済不安を懸念したが、会社は中国やソ連向け大量輸出を成約するなど比較的好調であったし、考えた末にまず土地を買い、翌年には思い切ってローンを組んで3LDKの小さな家を建てた。昭和四十八年のことである。こんなに早く自分達の家を持てるとは思わなかった。

結婚して二年経った頃から、二人は「そろそろ子供を」と思ったがなかなか恵まれなかった。結局子供を授かったのは結婚して五年後のことで、自分たちの新しい家で長男の誕生を迎えた。

長男は紀代志と名付けた。貞子は出産を機に北陸製作所を退社した。

その後、貞子は二度流産した。一度は風疹の流行《はや》っていた時で、胎児にほぼ八十パーセントの確率で影響が出ると宣告され、泣く泣く堕胎した。それで子供は紀代志一人と決めた。

紀代志は一人っ子の甘えや弊害が出ないよう、二歳から保育園に通わせた。

しかし、親のそんな懸念も杞憂であったようだ。もの怖じせずどこへでも仲間に入って行く子で、物覚えも早かった。親バカを地でいくように、冗談にでも一時は天才ではないかと思ったりした。

母となった貞子は「この子に何が向いているか、どんな才能が潜んでいるか分からないから、親として可能性を試してあげる義務がある」と、絵画にピアノに剣道に、その他身近なものには何でも挑戦させた。それぞれに、ある程度の才能らしきものを見せたが、本人は自由に走りまわっていることが好きなようであった。

逆に考えると、束縛されずに奔放に遊びたかったのかもしれない。そういうことも察して、比呂志は幼い頃からの教育ママ的な拘束には、あまり賛成していなかった。

とにかく紀代志は明るい子に育っていった。

七　赤い気炎

静かに燃えて・便利屋稼業

比呂志は公私ともに充実した時期を過ごしていた。

世間はコンピュータを如何にうまく活用し、事務の合理化を図るかとの課題に取り組んでいた時代である。比呂志の職場では事務機械化は進んでいたが、一つの部署内の合理化だけではなく、CPUを核に関連部門をLANで結び、生産関連情報のリアルタイム化を図ろうとしていた。

比呂志が職場のリーダとして、日常の業務をこなしながら担当することになった。

工場の先鞭をきって、部品の入荷情報がインプットされると、受注情報を確認し客先別の出荷指示をオンラインでアウトプットするシステムづくりをすることになった。

途中いろいろ問題はあったが、比呂志の所属する工場がいち早くシステムを立ち上げた。このことは社内報にも取りあげられ、他工場からも見学者が来た。

一つのプロジェクト活動が終わると、次のテーマ活動を決めることになるが、比呂志は活動テーマを見繕って決めるような、改善のための改善は好きではなかった。活動のテーマ候補はあったが、少し間隔を置いて取り組むことを申し入れ、了解を得た。

この間、比呂志は一定規模以上の工場で配置が義務づけられている法的資格を取得しようと考えていた。それで危険物取り扱い主任者、衛生管理者、公害防止管理者、防火管理者など、手近なものから順次取得していった。

また家では、視点を変えてレタリングやボタニカルアートなどの通信教育を受講して、課題提出による指導を受けていた。

会社の先輩が「役員をしている自治会主催の浪曲大会のPRポスターを作りたいのだが……」と言っているのを聞いて、練習を兼ねて制作させてもらったりした。

比呂志が資格取得などに挑戦し始めたのは、会社の登用制度に頼らなくても、自らがテーマを選択し研鑽していく方が、気が楽であり自由であったからである。

会社では、一般社員から主任、課長、部長と役職になるには登用試験に合格することが条件になっていた。

たとえ役職につかなくても、社員等級ランクアップのために通過すべき関門であった。比呂志にも受験資格はあるが、役職になりたいとは思わず、受験したくなかった。それでも「受験は仕事への意欲の表示」だと、課長から言われて何年か受験してきた。

主任級の試験は、まず筆記試験があり、それと部門評価によって推薦順位が決められ、役員面接のうえ、総合評価して合格者が決められるようになっている。ここでの問題点は部門評価である。部門内での職場の位置づけが暗黙にあって、その部門の機能を中心的に果たす職場が上位に来る。例えば購買部門は購買方針を企画する課が第一位で、購買した現品を扱う課が下位になるといった具合である。

次に、或いはこれが最重点かもしれないが、学歴および大学のランクである。もちろん大学卒で、中でも国立大および有名私大出身が優先される。それらに筆記試験の結果が加味されるが、最後は部門内での課長の力関係が最終推薦順位を決めるのである。

比呂志はいつも筆記試験ができたから、部門評価が低くても面接までは必ずいった。でも、主任への登竜門をパスするのに五回も受験した。それで不満があるわけでもない。比呂志が合格した時は、皮肉にも筆記試験の成績はよくなかった。

会社は継続して発展していく必要があった。だから人材登用にも施策があった。

例えば、北陸製作所に、ある大学のどの学部から何年卒で入社した人が、何年後にどの地位にいてどんな仕事をしているか。それは、その大学から次代を背負う優秀な学生に来てもらうために重要なことである。

そのためには、会社自身も光輝いていなければならないという条件がついてまわる。だが現実には、有名校を出てもそれなりの評価に伴う仕事をしていない輩が結構いるものである。多分やろうとしないのだと思う。誠に残念なことであった。それを後年、現実の問題として目の当たりにすることになるとは思っても見なかった。

この頃の比呂志は正義感というか使命感に燃えていた。自分が約束したことはキチンと守るし、また相手にも約束は守ってもらうことが当たり前だと信じていた。それが破られると、同僚でも上司でも協力企業にでも文句を言ったし、時には大声で怒鳴ることもあった。

相手のミスも、理解ミスやポカミスの二回は許したが、以降は許せなかった。そのかわり自分も性根をいれた。相手にも頑張ってほしかった。

こんな態度がかなり長く続いて、「普段は静かなのに怒ると怖い」と言われたりした。

昇格の　テストはつねに　合格点　成さぬ結果に　力学ありて

職場に新しい課長が就任した。新任の仙野課長は、ざっくばらんな話のしやすい気さくな人との前評判であった。

一方で本人は、「学生時代に自分は勉強がよくできた。東大の法学部を狙ったが運悪く入れなかった」と暗に自慢しているのである。でも前評判通り気さくな人だから何でも相談には乗ってくれそうで、職場の者は期待していた。

だが三カ月過ぎて本性が見えだしてきた。仙野課長の日常は椅子にふんぞり返っているか、部下のそばに行っては雑談をしているかである。月末の部内定例会議や本社への実績報告の時期が来る直前だけ、あたふたとして忙しそうである。毎日が管理状態にあれば、そんなにバタバタする必要もない筈である。

部内定例会議には改善活動のテーマやその進捗状況も報告しなければならず、いつも直前になってネタを集めている。比呂志のそばに来ては「何かネタはないか」とか「あの問題点はこうしておこう」などと、その場凌ぎの対応で済ませてしまうのである。

比呂志の職場は補修部品を扱っている。毎月の計画生産と称するオーダは本社から指示されるが、それは営業の統括部門が担当しており。全国の供給センターの在庫を睨みながら需要予測に基づいてオーダ内容を決定している。そこには、在庫品目と量を抑えつつ、一方で顧客からの受注にも的中させる狙いがある。

営業サイドはそれで良くても、製造側にとっては間欠・少量オーダでは効率が悪くて原価高となるケースもある。そこで、営業も製造も満足できるようなオーダ内容にするのが大きな課題であった。

比呂志は懸案の課題を解決するために、何度か課長に提案具申してみたが、「難しい問題だな」とのたまうばかりで前進がない。

そこで比呂志は中間の相談をせずに、構想中の考えを改善案にまとめることにした。

「我が部門が扱う重機は、その性状からみても掘削部や走行部などが補修部品の主機能品であり、高需要である。生産ウエイトの高いこれらの部品についてだけでも、長期的生産計画を持って対応し、加えて一定期間・一定比率は固定オーダ化すること。これにより営業も製造も満足できるオーダに一歩近づける」という概案をまとめた。

比呂志は本社に直接打診しようと思ったが、やはり上司を出し抜くことには気が引け、課長に提案を申し入れた。

課長が言った。

「これは製造の考えが主体で本社のOKがとれないよ。それに仕組みが複雑だな」と。

「仕組みの簡素化は検討できますよ。製造側の要望を織り込んであるのは当然でしょ。お互いが一致点を目指して検討すればいいではないですか」

比呂志は食い下がったが、

「儂《わし》が見て、賛成できないものは提案できないよ」との課長の言葉に一蹴されてしまった。

それから三カ月後のこと、本社の全国補給会議の議事録に「西日本工場から提案された重要部品の長期計画オーダ制の検討開始」という文字が見えた。――あの課長め、汚いやり方をするな。一瞬、比呂志はそう思った。

本社の斉藤課長にそれとなく聞いてみたところ、

「仙野さんが休みの日に考えていて、ふと浮かんだ案と言っていたよ」とのことだった。

これまで仙野課長の前評判は話しやすい人であった。確かにそれは言えると思った。その話は雑談が主体であったから、皆は気楽に話せたのであろう。だが、後から前職場の人に、「あの人は仕事をしない人である」と聞いた。陰で言われていた渾名は「何も仕事をセンノ」だったらしい。それでも比呂志自身、提案を一蹴された時は、課長には何か腹案でもあるのかと思っていた。

しかし比呂志は、「自分に一言も断らずに課長が本社で提案したのは汚いやり方だが、たとえ誰の発案であっても、改善に向けて前進するなら良いことだ」そう思って鉾を納めることにした。

でも比呂志は内心、「こんな課長のやり方では仕事は楽しくならない、前進もしないよ。まして課員全体の評価も上がらない。不幸な職場に陥る」という危惧感を持っていた。そして再び比呂志は改善テーマ活動をしようと考えた。

――この職場では皆が参加できるような活動の方がいいな。

そう思ってサークル活動の活性化を図ることにした。といっても、比呂志は課長でも主任でもなかったし、出しゃばって声高に皆をリードするというのも性に合わなかった。

そこで同じグループの人を説得して、新たに改善サークルを結成したのである。

その上司　我が提案に　ケチつけて　それをヒントに　上申すなり

北陸製作所では方針や目標を効率的に達成するために、「PDCA（計画・実施・確認・処置）のサークルをまわして、問題解決・改善をはかること。また問題解決にはQC（品質管理）手法を活用するもの」と、従業員は教育訓練されていた。QC手法というと、データによる統計解析が中心であったが、事務部門ではデータが少なく、数値化できないものもあり、せいぜいパレート図の活用くらいであった。

比呂志がQCインストラクターに任命された頃は、統計手法を実践的に使いたいと何度も活用を試みたが、事務部門では無理に統計手法に拘泥る必要もないと思っていた。

比呂志は、主任から職場内のQCサークル活動を推進するよう要請されていた。

「これまでも、会合は開くが活動が進展しないでいた。それはなぜだろう」

比呂志は活動再開にあたってメンバーに問いかけた。メンバーは比呂志を含め全員で九人、うち女性は四人である。

異口同音のように、「難しい」「進め方が分からない」などの意見が多数を占めた。

「みんな、難しく考えすぎているんじゃないか。我々のような事務作業の改善に、統計手法の活用などに拘泥らなくていいと思うのだけど」の比呂志の意見に反論が出た。

「でも、ＱＣサークル大会では、改善事例はみんな統計手法を使ったものばかりよ」

「第一、私たちにはデータが少ないわ」

「それに、いいテーマも見つからない」

比呂志は、

「我々の職場には、数値のデータこそ少ないが言葉のデータはたくさんあるじゃない。それに、身近で一番困っていることがテーマそのものだと思うけど」

こんなやりとりがあって、「では具体的にテーマを決めて活動してみることにしよう」ということになった。テーマは「ファイリング方法の改善」で行こうということになった。

リーダーは、このテーマ限定で沢田佳子と決まった。比呂志は、彼女がテニスの得意なスポーツレディーで、このテーマに日頃から最も問題意識を持っていて、いやとは言えない性格の子であることも知っていたから、サポートをするとの条件で頼むよ、とお願いしたのである。

比呂志には伏線があった。この場で積極的に発言せず、みんなの意見をじっと聞いている、そして時折、比呂志を見据える内山みどりを意識していた。比呂志は内山みどりには次のリーダーをと、その時点で決めていた。

沢田リーダーのもとで、ＱＣサークル活動はスタートした。系統図や連関図を活用しながら、テーマの割に少し時間を要したが、半年後に活動は完結した。

沢田佳子が当時は北陸製作所でも数少ない女性リーダーであったこと、それに事務部門での活動でもあったことから全社大会にも参加し、銅賞を頂いた。彼女は「万歳」と叫んで、子供のように喜びを素直に表現していた。

しばらく間をおいて、比呂志は内山みどりに声をかけた。

「内山さん。次の活動のリーダーを頼むよ」

内山みどりは、しばらく考えるふりをしていたが、「いいわよ」と、簡単に承諾してくれた。

内山みどりは二年前に女子大を卒業して入社したが、この職場に配属される直前に結婚したらしい。らしいというのは、新入社員名簿には松前みどりとあって、四月の職場配備時には内山と姓が変わっていたからである。だから、多分結婚したのだと皆は想像をしていたが、しばらくたって本人から「皆は分かっていると思って言わないでいたが、実は卒業後すぐに結婚した」と告げられ、やはりと納得したのである。相手は歯科医になるために阪大の大学院に編入し勉強中の学生で、当面は彼女が養う立場にあるとも言っていた。

内山リーダーのもと新たなＱＣ活動がスタートした。今度は職場の間接予算の削減に関するテーマであった。

比呂志は冒頭に自分の考えを伝えた。

「今度のテーマにおいては、数値データもあるが管理運営上の言葉データも多い。そこで現状の問題点を徹底的に掘り出そう。具体的に問題点をあげて解析に入ろう。そのためにデータは大切に、言葉も正確に扱おう。そうすることで解決案が見えてくる筈である」

メンバーからたくさんの問題点が出された。

内山リーダーが言った。

「問題点と要因がゴチャゴチャね。整理しなければ」

俗に言う、「ミソもクソも一緒」の状態になっていると指摘した。この発言が、ユニークな手法活用により解決策を見いだす引き金となったのである。

比呂志が言った。

「問題発生の起点となっているのは何か。次にそれがなぜ起こったのか。ナゼナゼナゼと問いかけてみよう。その要因と要因の因果関係を繋いでいくと、真の要因につき当たるのでは。そこで対策を検討すれば問題解決が早いのではないか」

メンバーは何だか難しそうな顔をしていたが、その時内山リーダーが言った。「私は問題点と要因の言葉をカードにして、並び変えて行けばいいんじゃないかと思うのだけど。どうかしら」

沈黙が続いた。沢田前リーダーが、

「考えていても仕方ないから、とにかくその方法でやってみましょうよ」と突破口を開こうとした。

違うメンバーの一人が、

「俺は賛成だ。前に進めてみようや」

その一言に皆が頷いた。

メンバーは悪戦苦闘しながら問題点と要因を整理していった。

活動の途中で比呂志と内山みどりが二人で激しく議論するなど苦労はしたが、手法の活用や工夫をこらした結果、解決案への道が早く見つかり、三カ月でテーマ完了することができた。

この問題解決の中心となった連関図が、大変ユニークで手法をうまく活用した事例として、ＱＣの本部である日本科学技術連盟の本にも紹介され、その年度の特別表彰を受けることになった。内山リーダーは、その後各地の改善事例発表会に何度か指名を受け、発表に出かけた。

この活動の後、比呂志に永年務めた補修部品関係の職場を離れ、購買管理部門へ職場移動するよう辞令が出された。北陸製作所がＴＱＣ最高峰の企業賞に挑戦することになり、比呂志は購買部門の事務局を担当することになったのである。

購買部門の事務局転任の送別会で、隣に座った内山みどりが、

「平城山さん、今度の活動では大変お世話になりました。主人も『お前が表彰されたのも、平城山さんのお陰なのだよ』と言っておりました。本当にありがとうございました」と殊勝げに言うのである。

内山みどりのご主人とは一度会ったことがある。職場の暑気払いのパーティーに、彼女たちがなぜか同伴で参加したことがあり、二次会には皆が家に招待された。

内山みどりは、比呂志には理解できない思想というか考え方を持っていた。彼女には多重婚願望があるというのである。

「男が、或いは女が人を好きになるのは自由である。人は一生一人の人を愛するのは尊い

けれど、現実にはいろんな人を好きになる。それを人は浮気という。でも、私は人を好きになる気に本気も浮気もないと思う。だから好きな何人かの人と一緒に、グループで結婚できたら幸せだろう。時々、主人や私の友人たちは、垣根なしに集まっては何日か集団生活のようなこともしている」と言うのである。

こんなことも言った。

「私はどちらかというとアナーキー派。それに今の男社会には抵抗を感じている。これからは、もっと女の立場が良くなるよう『おんなの戦い』を展開していきたい。例えば原発は反対よ。政府は放射能汚染にどう対応しようとしているのか。そんなことを考えると子供なんか産めないわ」

多重婚は、どちらかいうと男の発想のようにも思えるが、現実離れしている。彼女が「子供なんて産めないわ」と言いつつも数年後子供を出産したことは、現実に妥協したのか。男と女の一対一の愛に目覚めたのか。いずれにしても光る女ではあった。二人で一度食事したことがあるが、それっきりになった。今は賢母ぶりを発揮しているであろうと思う。

比呂志にとって、職場が変わる前に改善活動が活性化し、それが定着しそうな状況になったことは嬉しかった。この間にスタッフとしての改善活動もこなしてきたが、そのお陰で自他ともに認める管理部門の人間になりきってしまっていた。比呂志が、かつて希望していたエンジニアリングへの思いは現実的ではなくなった。

管理部門というと聞こえは良いが、内実は何でも屋であり、便利屋稼業みたいなものである。問題があれば、知らないことでも、時には分野外のことにも取り組まなければならないのである。

会社というのは、そんなところであるというのが、やっと分かってきた頃である。

サークルの　活動なのに　気がつけば　光りし女史と　一歩先ゆく
エンジニア　目指してメーカーに　入れども　いつかコースは　便利屋稼業

仕事人間・八面六臂

総合的品質管理（TQC）の企業賞は、日本ではまだ数社しか受賞していない。今や世界企業となった愛知自動車と、そのグループ企業が主な受賞企業であった。

この挑戦には会社の名誉と将来がかかっていて、全社あげての受審活動となった。「すべての部門のあらゆる分野において、TQCの考えが浸透し実践されているか。それには徹底した現状解析から始まって、PDCAサークルをまわしながらスパイラルに管理の質をレベルアップさせ、会社の目指す将来像を実現していく」というのである。

比呂志は、「描いた夢をいかに現実のものにするか、それは理論に裏付けされたストーリー作りをするようなものだ。しかも、それは現実をベースにあるべき姿に向かうのだから、データの裏付けがないと、絵に描いた餅となってしまう」との認識でいた。だから企業理念の確認、方針決定から管理運用方法の見直し、QC手法の再勉強など階層ごとの現状把握から将来像設定、そして実践へと全員参加の活動であった。

事務局は、リーダーシップ発揮と統率に多忙を極めた。

購買部門の事務局には、洞察力に長け強いリーダーシップを持つ浦松課長がいて、その指揮のもとに活動を展開していた。だがそのやり方には他部門からの反発もあって、比呂志は事務局担当として調整に苦労することも多かった。

また、各部門は生産活動をしながらの受審準備であり、そのサポートにも追われた。工場内各部門との調整や外部の先生の指導も仰ぎながらの推進でもあった。

受審日が迫るにつれ、休日出勤や深夜残業は当たり前、それが続いて疲れも出始めて殺気立った雰囲気も漂い、また異常なくらい緊張感も高まってくる。

この活動がピークの頃は、一カ月、時間にして七百二十時間のうち、四百時間も会社にいたことがある。通常勤務の定時間が一カ月百六十八時間の頃である。

土曜日の終日勤務は当然であった。仕事のキリがつくまでと頑張って、気がつけば朝になっていて会議室で仮眠したり、家に数時間眠りにだけ帰ったりなどの日々が続いた。この頃は「仕事人間」というより、完全に「会社人間」であった。

妻の貞子は比呂志に「体を壊さないように」と心配しつつ、一方で「そんなにまでしなければいけないの」と不満を言ったりした。後日談で、「あの時は本当に仕事なのか疑った」とも。笑えぬ話であった。

いろんな苦難はあったが、昭和五十六年に会社はＴＱＣ企業賞に合格した。

長い戦いであった。しかし、それで終わったわけではなかった。会社の全社的品質管理は、協力企業を含めて展開することで、グループとしての総合力を発揮できるという考え方である。

比呂志は、続いて協力企業のＴＱＣ指導員を担当することになった。協力企業の共栄会各社にもＴＱＣを普及すべく、会社は北陸品質管理賞を設定していた。この賞にチャレンジしクリアすることで、レベルアップを図ろうというものである。

比呂志は指導員として数社を担当したが、当然企業間にレベル差があって基礎的な考え方の浸透から始めることになり、理解し定着させるのに時間がかかった。

ここでも、滋賀県や愛媛県の協力企業での泊まり込みのような日が続いた。だが身体的労苦とは別に、企業経営の観点から活動に入っていくので、自分自身も経営の知識収得や各経営者の豊富な経験などを伺うことで、貴重な勉強と体験をさせて頂いたと思っている。また、この受賞を機に、北陸製作所の一協力企業から、関連業界を含め「専門分野の雄」となった企業が出たことは嬉しい限りである。

この活動で比呂志は、これまで生産主体の仕事をやってきたが、経理や営業や総務を含め多角的に業務の現状把握と分析を体験した。このことが後に大いに役立つことになるとは思いもしなかった。

この時点においては、これまでの自社や協力企業のＴＱＣ活動を通じて、背伸びをしすぎた嫌いがあり、もう少し身の丈にあった活動でもいいではないか、そう思い始めていた。だから当事者全員が現状を踏まえて、一歩先の夢の実現を目指して活動していることを十分認識しないと、足が地についた活動にはならないことを強調してきた。

何年かして、この当時を振り返った時、皆で頑張った活力と夢を追う迫力は凄かったが、本当に身についたものは何かと考えると、反省点も多くあるなと思ったものである。


この何年かは家庭を顧みないような時期であった。

それは昭和五十五年から五十八年であり、息子が小学校へ行きだした育ち盛りの大切な時期でもあった。家にいる時間もないから妻との会話も少なかった。だから子供のことは妻に任せきりの年月でもあった。

妻から息子への言葉はいつも、

「お父さんは会社で一生懸命に働いているのよ。だから紀代志も頑張るのよ」であったと聞いている。

息子は表向き快活に、楽しく学校生活を過ごしていたようである。比呂志が休みをとれた時には、昔のように家族で旅行し、せめてもの穴埋めとした。

この頃から比呂志は、少しずつ会社人間からの脱皮を心がけていた。「四六時中会社に束縛されて自分に何が残るのだろうか。もっと自分の時間を持つようにしたい」と思い始めたのである。時には一所懸命も必要だが、普段は腹八分で行こうと。

その後ＴＱＣ普及活動も一段落し、比呂志は会社の次世代主力商品開発を目指す、本社の新事業部門へと転籍することになった。昭和六十三年の春のことであった。その部門は西日本工場の中にあり、そこに比呂志は課長の立場で行くことになった。

先の先　あるべき姿　求めつつ　いつか夢の中　ＴＱＣの悲哀なり
幼子を　妻にまかせて　寝もやらず　会社の中で　暮らすがごとし

一息ついて・まず一献

比呂志は相変わらず酒をよく飲んでいた。若い頃は大勢でワイワイ言いながら飲むのが好きだった。自分のうっぷんを晴らし、人の嘆きも聞いてやった。

時には酒屋の立ち飲みコーナーにも寄った。酒はもっぱらビールであった。仲間でワイワイ騒ぎながら、三時間程で生ビールの大ジョッキを十杯飲んだこともあるが、普段はたしなむ程度にしており、日本酒にしてせいぜい三合程度である。

いくら飲んで帰っても妻の作ってくれた夕食は食べたし、翌日は遅れずに出社した。しかし、時には会社でこっそり反吐《へど》を吐くこともあった。もう吐くものがなく胆汁を吐きだしたこともあったが、酒豪家みたいに血を吐くようなことはなかった。

歳も四十半ばを過ぎた頃から日本酒を好むようになった。ビールはお腹が膨れるし、酒肴が肉から魚に変わったせいもあった。でも最初の一口は何と言ってもビールである。これは旨くて変わらず続いている。

家で晩酌するときも同じパターンである。友人はよく焼酎を飲めとすすめるが、日本酒には酒そのものに旨味があると感じている。比呂志には、まだまだ焼酎は馴染めない。

通の人は、「酒は舌の五感で味わえ」と言うが、何となく分かる気がする。それは味覚の基本、甘・辛・酸・苦に、香を加えた五つではないかと思っている。

近頃は酒肴の変化もあって、行きつけの店は「魚彩」と「明石すし」の魚屋系、それに時折行く焼き鳥の「鳥市」が主なところであった。

「魚彩」は女将が包丁を握り、活きのいい魚を手際よく捌《さば》いて食べさせてくれた。

「明石すし」の大将は偏屈と呼ばれているが、寿司だけでなく、「平城山さん、一つ味おうてみて」と、魚のネタをベースに工夫をこらした一品を出してくれる。大将は自分の店を寿司割烹店と自認していた。店での馴染み客も多く、和める店である。

「明石すし」の奥さんは新潟出身で、兄さんが杜氏をしているとか。米どころ新潟のおいしい酒の原酒をこっそり飲ませてくれ、またある時は家族の夕食のお菜であろう三平汁など、郷土料理を酒のあてにと出してくれるなど、隠れた楽しみのある店でもある。

この二店には週一回必ず顔を出していた。いずれも会社の連中が来る方角とは少し離れているので、仕事を忘れて飲むことができるのである。一人で行くことが多かったが、会社の女の子を連れていくこともあった。

「鳥市」は昔馴染みの店で会社の連中もよく来るのであるが、連中とのつきあいのための店として利用していた。ここに来ると、オーナーの女将が経営しているスナックが近くにあり、帰りはそのスナックに顔を出すのがコースみたいになっていた。

近頃のスナックはイコール「カラオケ店」のようで、「平城山さん、歌ってよ」と必ず言われるが、比呂志は三度に一度しかマイクを握らなかった。たまに歌うのは殆どがあの望郷歌である。ナツメロなので曲目も限定されていた。

スナックで知り合った会計士の中岡さんは、いつもリクエストが決まっている。作詞家の西条八十がご指名である。きれいな詩歌で比呂志もいつしかファンになった。

歌は得意ではないが、酒は喜びを倍加し哀しみを和らげてくれる。まるで古き良き友のようなつきあいである。

寿司握る　板前粋に　ひと工夫　旨し酒さかな　疲れもどこへ

八　銀色の霧の向こうに

有為転変・積年の病弊

会社は新事業候補としていくつかの事業を掲げ、一部は具体的に商品開発し営業活動を展開していた。

比呂志が赴任した事業部もその一つで、新事業候補として最も先頭を走っていた。先頭を走っているといっても、やっと新商品の市場導入が端緒についた程度であった。

新商品の新素材用P機は、既にこの市場に参入しているメーカーが二十数社もあって、上位数社のシェアが六十パーセント強を占めていた。競争の激しい市場に、あえて後発メーカーで参入するというのも、この新素材の用途が幅広く、金属の代替化拡大の期待、さらにＯＡ機器の伸長で将来有望と目される分野だったからである。

その中でこの事業部は、高級機に特化して市場参入する方向を打ち出していた。また、海外のトップメーカーと提携して技術導入することにより、技術的サポートを受けられるので、開発期間の短縮やサービスの質の向上等が期待できるという狙いがあった。

新事業の期待を背負って、開発・営業・サービス等の各部門には優秀な人材が集められていたようである。メンバーの出身大学や部門を見ても錚々《そうそう》たるものであった。

比呂志は、この新事業部門の総務部で生産・原価・経理・総務を担当することになるが、部長以下五名の陣容である。生産は子会社の北陸精機に一括発注していた。

転籍して一カ月経った。比呂志には、小さな一事業部門であるこの職場が、大会社みたいな雰囲気にあるような気がしてきた。

比呂志が転入する直前までは、常務が事業部長兼任であった。当時のことはよく分からないが、西日本工場出身で総務部の高山さんの話では、

「前任の事業部長はさすが常務というか、とにかく欲しい物は設備でも人でも何でも実現した」という。西日本工場では到底考えられない話を幾つも聞かされた。

またその時の総務部長は、出社すると新聞を開いている。十時になっても、まだ新聞を

見ている。多分読んではいないのだろう。それから炊事場へ行ってコーヒを飲んでいる。総務部は実質四名のようである。それぞれが多忙を極めている。

総務部には事業企画も職務にあるが、これは部長の仕事になっている。一応の事業計画はあるようで、期の始めにチラリと見たことがある。これでいいのか比呂志は戸惑った。

他に目を転じてみる。営業は新商品のP機を売るべく奔走している。今日も一台出荷されて行った。但し、置き売りである。顧客が使ってみて気に入れば買ってもらえるという。

次の日も高級機が、また一台出荷された。顧客は、いわゆる「三ちゃん業者」であった。営業の苦悩が滲み出ていた。

三ちゃん業者というのは、お父ちゃん・お母ちゃん・お爺ちゃんの家内三人で操業している顧客である。P機は全自動だから無人運転は可能である。この顧客は簡単な部品を製造していた。それなら汎用機で十分であった。お客様は皆ありがたく大切なものである。だが高級機が泣いているような気がした。

営業会議で品質トラブルが問題となって、要因と対策について検討会が行われた。

開発部門は使用条件や機能解析から要因を鋭く追跡した。設計ミスと思われる部分があることも認めた。その展開手法はさすがに感心するものがあった。だが具体的な対策の段になって、営業部門の説明や顧客の使い方にも悪さがあって起こした問題だと攻めに転じた。グループ庇護のようにセクショナリズムに陥っていた。

その中に、決まって他人事のようにオブザーバー的発言をする者がいた。彼は優秀な技術者と聞いていたが、外野席からものは言うが決してグラウンドに降りようとはしない。まるで他所《よそ》の部門の人間が参考意見を述べているようであった。

また談合型もあった。

わずか三十人の事業部内に談合のような小集会が今日も始まっていた。まず、問題が起こると総括責任者に何人かの関係者が相談に行く。その机の周りに人が集まる。そこで簡単に方向づけが決まる。まるで談合である。

真の問題は何か、対策はそれで良いのか、再発防止はされているのか——。なにか暗闇の中で蠢いているようだった。総務部長に進言しても、「何をやっているのだろうね」それでおしまいである。

虚しい気がしていたが、管理部の者や開発の仲田さん、営業技術の富岡さんなど、それを懸念する人はいた。まだ良心がある。比呂志はそう思った。

新事業部門に来て二年過ぎた頃に人事異動があり、総務部長は関係会社に出向となった。

後任に西中部長が就任した。

これまで比呂志が懸念していたことは西中部長には話さなかった。それは比呂志の偏見かもしれなかったし、勝手な思い込みかもしれなかった。新任部長として現実を見て、どう判断されるか静観することにした。

西中部長は北陸製作所のいろんな事業所の製造部門・管理部門を歴任し、海外赴任の経験もあった。その部長の目に狂いはなかった。

「何だよ、この職場は。まるで談合じゃないか。コソコソ隅で話をして。大事なことなら堂々と説明し、皆の知恵を出し合って対応を決めたらどうだ」と爆発した。

そんなことがあって、少しずつ空気は良くなって行きそうにあった。

だが、業績は伸びなかった。先行きの見通しにも厳しいものがあった。顧客の「良い機械だ」の評価に望みを繋いでいたが、上昇機運はなかった。

会社のトップの英断は早かった。この事業からの撤退が決まった。

ただ顧客には以後もサービスを継続し、ご迷惑をおかけしないよう万全を期すことで収拾に向かった。何人かが事後処理とサービス要員として残留することになった。その他の者は他部門に、適材適所に再配置されることになった。

これだけ投資をし、会社にも顧客にも迷惑をかけることになったが、処罰に相当する人事対応もされることなく、すでに多くの人は次の職場に転出していった。

果たしてこれでよかったのか、実に寛大な処置だなと比呂志は思った。でも、きっと新しい職場では、この教訓を生かして奮闘することを期しての処置だと思い直した。

そして、比呂志には何の沙汰もないまま一カ月が過ぎた。サービスで残る者は忙しく動いているが、潮の引くように寂しい事務所になった。

西中部長には、

「君の行先は、もう決まっているから、心配しなくていいよ。あと少し残務処理を手伝ってくれ」とだけ言われた。

新事業　エリートばかりの　集団も　夢もはかなく　あえなく離散

西中部長が総務部長の後任として赴任した年の十二月のことである。

比呂志が本社で開催された会議に出席した帰り、東京駅で新幹線のぞみに乗り込み、発車を待っていた。上腹部のあたりがモヤッとしていて少し痛みもあったので、早く家に帰って横になりたい気分で座席に座っていた。すると、発車間際に隣席の人が駆け込み乗車してきた。

新横浜を通過した頃、隣席の人が比呂志の顔を覗き込むようにして話かけてきた。

「あのう、失礼ですが、体調が悪そうですね。肝臓のあたりの具合でも……」

胡散臭そうな気がしたので、比呂志がそれに応えずにいると、その人は比呂志の態度に気がついて、

「失礼しました。私は怪しいものではありません」と、名刺を差し出して話をしだした。

その人は「気功法研究家」の星さんといい、気功による治療をしている人で、今日は元首相の中曽根さんの息子さんの治療に行った帰りだという。そして、

「たまたま隣の席に座ったが、何だかあなたの様子がおかしく見えたので、そっと気功法で観察すると、肝臓か胆嚢のあたりに病気の反応があり、つい声をかけた」と言った。

それで比呂志が警戒を解いて話し出すと、星さんは右の手を広げて、「これを見てください」と言った。すると不思議に指の間から光るものが発しているように見えるのである。

星さんは言う。

「これが気功法でいうオーラなのです」

そしてポケットから、その発光を撮影したのがこれだと一枚の写真をくれた。そこには目の前にある状態と同じ発光現象が写しだされていた。

「中国では気功を見せ物にする人がいますが、本来は治療に活用するものです。それに気功は非常に体力を消耗します。だから長時間はできません。今日は中曽根さんの息子さんの治療で疲れていたのですが、隣席のあなたの様子を見て、ついその気になってしまい失礼しました。とにかく早く医者に行かれたらいいと思います」

さらに星さんは続けた。

「私は中華料理屋が本業です。でも親父が元気なので、こうして気功をやっていますが、親父から早く後をついでくれと言われています。もし良かったらお店の方にも来てください。初めにお店の名刺を出すと、店の宣伝とか商売気に取られるのがいやでしたので、出さずにいたのです」

そう言って出されたもう一枚の名刺には、中国料理・大林閣の副社長ウー氏とあった。大林閣は、心斎橋の大丸とそごうの間を東に少し歩いた所にある有名な店であった。

その後、比呂志は大林閣には何度か食事に行ったが、ウーさんに挨拶はしなかった。

年末も押し詰まっていたが、比呂志は京都の赤十字病院へ行った。三年程前に胃痙攣のような激痛症状が出て、診察を受けた当時は胆石ではないかとの医師の判断でエコーをかけたが、細かい石のようなものはあるが手術する程でもないと、そのまま放置していた経緯がある。

日赤病院の医師の診断で、

「やはり胆石症であった。しかし、劇症肝炎の症状もあり予断を許さない状態にある」と言われた。手術は年明けの一月五日と決まった。

会社にも胆石症の人は何人かいたが、比呂志の知る限りでも今年二人も亡くなっている。同じ部の熊田課長と、もう一人は同い年の平原というまじめな男で、「もしかして俺もまた……」と比呂志の胸に少し不安がよぎった。

一般的に胆石の性状の大半はコレステロールで、胆嚢の除去手術だけで済むらしいけれど、比呂志の場合ビリルビンという星の砂のような形状をした細かな石であり、また劇症肝炎という症状からも総胆管に石が詰まっている可能性がある。エコーや内視鏡では捉えきれないので、開腹して総胆管内をレントゲン撮影するということになった。

胆嚢除去の開腹手術は、通常一時間程で終わると聞いていたが、開腹後のレントゲン調査もあり二時間半もかかった。摘出された胆嚢には金平糖のような形をした小粒石が三十三個も溜まっていた。摘出された石は、形は似ているが金平糖のような赤や青のきれいなものではなく、真っ黒であった。胆嚢内で壁に当たって、炎症を起こした時の血の色が変色したものであった。

コレステロールの場合は茶色や青色の丸くてきれいな石が多いが、この石はそれだけ炎症がひどかったからだと聞かされた。

これで積年の病弊から解放されたと思っていたのであるが……。

この手術で比呂志は楽しい体験をした。

手術台の上で最後の麻酔を受けてすぐ、快い眠りがやってきた。比呂志は夢を見ていたのであろうか。或いは麻酔の幻覚なのかもしれなかった。

眼下にお花畑が広がっている。そこは赤・黄・青・ピンク、きれいな花の乱舞である。昔映画で鰐淵晴子主演の「のんちゃん雲にのる」というのがあった。比呂志は夢の中で、それに似た状況に遭遇していた。お花畑の上を、ふわりふわりと空中浮遊しているのである。文字通り夢みたいな気持ちでいると、急に身体が高く舞い上がるや急降下していく。「あーっ」と声をあげたところで、どこからか「平城山さん」と呼ぶ声が聞こえてきて目が覚めた。看護婦さんが比呂志の頰を叩いて起こしていたのである。

よく臨死体験で、トンネルの向こうに光が見えた、川の向こうで誰かが読んでいた、お花畑を歩いていたなどの話が本に紹介されている。比呂志の見たお花畑はもちろん臨死体験ではないが、似通った雰囲気のように思える体験であった。

その手術後は四人部屋で予後治療と養生をしていたが、部屋に一人騒がしいのがいた。その騒がしい男は大腸ガン手術で人工肛門をつける身になり、これまで半年置きに入院を繰り返し、看護婦たちと顔馴染みだったようだが、個室でもないのにテレビのボリュームを大きくするわ、大きな声で喚くわで、比呂志は何度か、

「静かにしろ、他人への迷惑を考えろ」と怒鳴った。看護婦が、

「あの人の伯父さんは陶芸家で人間国宝だって。でも人格を疑うよね」と耳元で囁いた。そういえば、清水何とかという名は聞いたことはあるが、それなら尚更だ。その次は一声大きく怒鳴ってやった。

入院中は連夜の如くテレビが湾岸戦争の様子を放送していた。米英軍のイラク攻撃シーンは見られなかったが、パトリオットという新兵器が活躍しているようであった。

麻酔受け　手術台で　夢ごこち　お花畑を　浮遊するなり

峠道・男の更年期

平成四年四月、比呂志は西中部長の推薦で決まった新たな職場に移動した。やはり新事業部門であった。前の職場のように大きな投資はしていないが、ドイツの会社から導入した技術に自社技術を付加して市場導入した商品がユニークで、顧客に好評価を博し、着実に進展の兆しを見せていた。

立川事業部長は少数精鋭主義を旨としていた。また自身は戦略家でもあった。

当面の販売対象は鋼材を扱うメーカーや特約店が中心で、この業界においては欧米に比べて立ち遅れている物流合理化への掘り起こしが狙いであった。

それらの現場は、鋼材の搬入・保管・移動・出庫で「きつい・汚い・危険」の３Ｋ職場と言われ、非効率で過酷な環境にあった。これを解決し合理化すべく、市場投入されたのが物流合理化システムのドリームラックであった。

販売にあたっては、カタログやＶＴＲをもちろん用意はするが、この商品を活用して合理化効果を生んでいる現場を実際に見てもらって、理解させ納得のうえ導入していただくとの現実的・戦略的方針が出されていた。そのために全国的な物流展示会に出展しPRしながら、現実の稼働現場でのプライベートショーを開催して顧客を案内する稼働現場見学会を、年数回開催していた。

比呂志は当初、経理・総務および営業管理などを担当していたが、この事業を伸長させるため、自分も直接営業に出て販売活動をやりたいと申し出た。経験したこともない営業の仕事に不安はあったが、新商品に対する顧客の反応を直に確認し、また事業の発展に直接的に関与したいとの意欲を持っていたのである。

当初は空振りが続いたが、何度も顧客に足を運ぶうち、気心が通じ合うようになると徐々に販売も伸長し出した。ただ生産設備と違って必須の物でないだけに、需要には波があった。それでも、先を見通して合理化を推進する意欲的な経営者もあり、お陰で業績は順調に推移していった。

比呂志が営業体験を通じて、顧客の経営者や担当の人々との交流により幅広く世間を見聞できたのは、何よりの財産であると思っている。

家庭においては長男・紀代志が大学に進んで、本なども増えて家も手狭になったことや比呂志の年齢を考えて、今が良い機会だと家の建て直しをすることにした。

今度は四ＬＤＫであるが、前より各部屋の間取りを少し広いものにした。たとえ立派な家ではないにしても、自分たち夫婦の努力の積み重ねで一生に二度も家が持てたことは、喜ばしく嬉しいことであった。


仮住まいから新築の家に引っ越したのが、年も押しつまった十二月二十七日であった。

そんな喜びの中、年が明けて一月十七日を迎えた。あの阪神大震災の日の朝である。

その日比呂志は、いつもより少し早く目覚めたのでそろそろ起きようかとしていた。たまたま時計を見たら、時計の針は丁度午前五時四十五分を指していた。

突然、家が大きく揺れた。その揺れはいつもの地震とは違い、横揺れの後で大きな縦揺れがきた。家はミシミシと音を立てた。しばらくの辛抱だと思っていたが、地震は長く続いた。だんだん恐怖感が襲ってきた。

その大揺れの中で比呂志が思ったことは、「地震よ早く収まってくれ。この家はこれからローンを払っていかなくちゃならんのだ」という切実な願いだった。

幸いにも新築の家は損壊することもなかったが、神戸市や西宮市など、兵庫地区に大災害をもたらしたのである。

週末、お墓が西宮市にあるので被災状況を確認に行ったが、交通も遮断され被災地を縫うように歩いた。無惨としかいいようのない情景を目の前にして、ただ涙が出てきて仕方なかった。この大震災で多くの人々が、精神的に肉体的に物質的に、多大の被害を被った。

比呂志が貞子とこの地を見たあと少し経ってからであるが、最も被害の大きかったといわれる神戸市の障害施設の方と縁あって、貞子たちは友人のリーダー役のもとサークルを結成し、復興へのお手伝いの一助にとボランティア活動をすることになったようである。

その源泉は、自分たちの手作りの物を中心に、新品の不要品を集めたりして開くチャリティーバザーである。規模は小さいが善意ある人々の活動が、その後も続いている。

新築の　家を襲いし　大地震　神に祈りて　ただ去るを待つ

比呂志の所属する事業部は順調に業績推移していたが、スタート後三年を経過した段階で、親会社はこの事業の今後の方向を検討することになった。

その結果、業績は会社に大きく寄与するレベルに至っていないが、順調に推移していることから、平成七年四月に独立会社として分離するとの決定が下された。

社名は北陸ドリームラックで、社長には立川事業部長が就任した。役員は親会社の役員が非常勤で名を連ねていたが、比呂志は常勤役員として指名され、末席に名を連ねることになった。

また会社の設立においては、設立登記から業務開始に至る手続きを比呂志が担当することになり、法務局・労働基準局・税務署・銀行・商工会議所・労組など各関係先へ足を運んだ。初体験のことであり、今後活用できることもないけれど、大いに社会勉強になったと喜んだものである。

新会社は、立川社長の堅実な経営方針のもと、技術的なことには大胆な展開を進め、業績は常に前年比マイナスになることなく順調に推移していった。

立川社長は確固たる、否、断固たる信念のもとに方針を貫く人で、時には怒声を浴びせて社員を叱咤し、少しの理でもあるなら後退を許さないところがあった。また本社では早くから重役になる人だと実力が評価されていた。

そんな実力者である立川社長の考えは、基本的にはいつも正しかった。比呂志はそう思っている。だから三十人程度の小さな組織では、経営は社長の考えの元に邁進して問題はないと判断していた。「普段は腹八分」の気持ちがそうさせたのか、比呂志には小異に意見を言う気はなかった。

新事業　中堅クラスの　集団も　ベンチャーとして　世に認められ

また比呂志は韓国やドイツなどへも出張したが、ヨーロッパでは寄り道をしてスイスのチューリッヒから列車を乗り継ぎ、インターラーケンからグリンデルワルドに行った。登山電車で登った高峰ユングフラウへの旅は忘れられぬ思い出である。季節は五月、山麓に花が咲き乱れる牧歌的風景の中を、登山電車はゆっくりと山頂を目指し登っていく。やがてガスが車窓を覆い始め視界は悪くなるが、標高四千メートルの山頂駅に到着する。車外はもちろん氷点下の世界で、そこには氷の宮殿があり、一歩外は猛吹雪で視界ゼロ、白の風景が待っていた。

自然の美しさと厳しさの両面を一気に見せてくれるのである。

会社設立してから三年後、比呂志に親会社から常務就任の辞令が出た。

現実には立川社長の経営理念のもと伸長してきた会社であるが、社長は自分を後継者候補として推挙してくれたのであろうと、比呂志は思っている。

だが良いことがあれば必ず反転が来るのが世の常である。

それは一つの警鐘に違いなかった。

比呂志が顧客訪問を終えて帰社途中のことであった。顧客の会社を出た時、時計は昼の十二時半を過ぎていたから梅田で昼食を取ろうと、とにかく阪急電車に乗った。梅田までは二十分程である。

電車に乗ってすぐにカバンを持つ手に力が入らなくなり、何だか自分の体でないような感覚に陥っていた。手に持っていたアタッシュケースがストンと床に落ちた。比呂志はとりあえず座席に腰かけたが、顔がほてりだし息苦しくなって胸に圧迫感が生じてきた。辛うじて隣に座っている若い男性に、

「私の顔は赤いですか」と聞いた。

「そうでもないですよ。普通ですよ」と彼が言う。

少し安堵していると、今度は両手がガタガタと震えだした。しばらく深呼吸を繰り返し、胸の高鳴りを鎮めようとしていると、両手の震えは少し治まってきた。

やがて電車が梅田に着いたので、ふらつきながらも歩いて駅長室に行った。状況を見て駅員は救急車を呼んでくれて、すぐに近くの済生会中津病院に運ばれた。

病院に着いた時には発作は治まっていたが、まだ血圧が一三〇／二四〇と高かったようである。医師は、いつも服用する降圧剤を飲んでいなかったうえ、顧客と接することで興奮状態にあったとの比呂志の説明から、

「その状態に空腹による低血糖症状が加わり、身体を活性化しようとエネルギーが働いた。その結果血圧が上昇した。直ちに降圧剤を服用すること」と診断し指示された。

とにかく、その日は安静にして様子を見ようということで、何の処置もされずにしばらくの時間ベッドに横になり、血圧の鎮静を待ってそのまま家に帰って眠った。

比呂志は、それまで血圧の高いことは分かっていたが、突然発作が起こったことで急に不安感に襲われてきた。翌日、出社するや立川社長に、

「体調に自信がなく、また皆に迷惑をかけてもいけなので、常務を辞退したい」と申し入れた。

立川社長は、

「役員人事は親会社で決めるもの。発作が起きて不安な気持ちは分からないでもないが、

再発しないよう心がけながら頑張ってみてはどうか」と逆に激励してくれた。

確かに親会社が決める人事ではあるが、社長が後押ししてくれたこともあったし、現実の会社運営は社長がキリモリしていることもあり、ここは社長の親心に甘えることにした。

そんなこともあって、改めて自分の健康について考え直すいい機会となった。

比呂志は、ここ三～四年は身体の変調に見まわれていた。熱くもないのに汗をかいたり、髪の毛が抜けたり、酒に酔いやすくなったり、そして乳房が腫れたりすることもあった。

これは、きっと俗にいう男の更年期であったに違いないと思った。

ストレスが　ストレス生んで　我もまた　高血圧の　烙印おされ

生活の　悪しき習いの　病だそうな　高血圧の　反省おそし

酒よ・京料理

楽しい日も辛い日も、仕事を終えて飲む一杯の酒は、明日への糧となる。

比呂志の酒は目の前のごちそうを美味しく食べるためのものであり、酒に飲まれることはなかった。お酒を楽しんでいたのである。

それでも近頃はお酒を飲む量もうんと減っていた。せいぜい三合程度に抑えている。飲めなくなったこともあるが、食べる方に重点が移ったせいかもしれない。だから、それで血圧が高いのだとは認めたくなかった。

いつからか和食が好みになり、和食といえば京都というパターンで、京料理はかなり多くの店の味を知るようになった。

一時は京風とつけば肉料理でもフランス料理でもと、けじめなく食べ歩いた。お客と一緒だったり、グルメの仲間であったりしたが、人に聞き、本を読み、お店の人の紹介ありで、味の探訪記として一冊の本になるくらいお店を訪ねた。

はじめて訪れたのが、四条通りの南座に近い「千花」であった。「魚菜」の女将に紹介された店で、こぢんまりとした隠れ家のような粋な店である。

四条通りに面した路地の門口に、目印のように紅い大きな提灯がぶら下がっている。その路地の奥に格子戸のはまった入り口がある。格子戸を開けて中に入ると小さな庭があり、袂でししおどしがコーンと快い音色をたてている。まさに京都の小料理屋の定番のアプローチである。

小さな京料理の店では、白木のカウンターに座ることが多いが、板前の後ろに飾ってある趣のある陶器、あの器に何が盛られて出てくるのだろうかと興趣を盛り上げてくれる。それにさりげなく飾られた花、板前をはじめとする店の人たちの立ち居振る舞いなど、料理が出る前に楽しませてくれるものがある。

この店では一通りの料理が出ると、最後に十品ものおつまみのアラカルトが小鉢で出される。少し趣向の変わった出し物で、もう一献とお酒がすすむ。

大将が厳格な人で、それが店の人たちに行き届いている。その後息子さんへの代替わりはしたが、静かに酒を楽しめる店である。

それから訪ねた店は数知れないが、いずれも京料理と括《くく》っては表現できない奥行きの深さに感銘させられる店が多かった。さすが京都であると思った。

脳裏に残っている店というと、魚割烹の梁山泊・やました、天ぷらの天邑・天喜、肉の安参・三嶋亭、ハモ料理の二傳・三条堺萬、旅館の大文字屋・ひろや・嵐峡館、精進料理の巣林庵、鳥料理の鳥せい、老舗系の美濃吉・嵐山吉兆・花吉兆・はり清・中村楼・魚三郎・下鴨茶寮、それに先斗町禊川・祇園丸山のり泉などである。

他にも多くの店を訪ねたが、この中では〝箸でフランス料理を食べさせてくれる先斗町禊川〟は親しみやすい店であり、〝京料理に新風を吹き込む祇園丸山〟は楽しみな店である。

大阪生まれの比呂志には、「旨いもんは大阪や」の気持ちがあって、「京都はきれいだけでみてくれは良いけど薄味で、しかも高い」と、若い頃は思っていた。子供の頃は魚といえば鯖や秋刀魚に鰯、肉といえば鯨、あとは芋や豆に野菜の粗食の時代であったから、旨い物も安くないといけなかった。

大阪では安くて旨い店が多かった。みてくれよりも実を取るやり方だったのである。だから大阪は庶民の街と言われ、お公家も高僧も旦那も意識せず、町人相手の商売がまかり通る気質なのである。もちろん大阪にも高級店はあり、比呂志も多くの店を知っている。

また京都は学生の街という面もあり、ラーメン店の多いのは有名であるし、麺でいうと京都は昔から「鰊そば」も旨いとよく言われる。

だが比呂志が以外に思うのは「京のうどん」である。素材の味を生かすため薄味と言われる京料理に比べて、京うどんのだしはぐっと濃い目でこくがあって旨い。近頃、細麺が増えているのが少し残念ではあるが、京うどんは大阪のケツネに代表されるうどんに負けず劣らず、いける一品であると思っている。

世の中に旨い物は数あるが、その旨さを倍加するのはやはり酒である。しかし比呂志にも、高血圧という生活習慣病が忍び寄り、そのぶん外で旨いものを食す機会が減ってきた。「釣りはフナに始まりフナに終わる」といわれるのと同じように、食べる方で家庭料理の味がいいとなりつつあるのは、年齢のせいなのであろうかと思うことがある。

絵のごとく　器に花もて　盛られしは　雅の都の　味芸ならむ

やすらかに・母の最期

その朝、会社へ出勤しようと玄関に立った時である。居間の電話が鳴った。

受話器を取った妻の貞子が、

「おとうさん電話ですよ。兄さんから」と告げた。

何か不吉な予感がした。近頃、兄からの電話は決まって母の調子が悪いとの連絡であった。それでも、ここしばらくは電話もなく、その後調子はどうだろうかと案じていた矢先のことであった。

電話口の向こうから兄が、

「今、病院に来ている。おばあちゃんの具合が悪くてな、もしかしたらダメかもしれんわ。また連絡する」と言って、電話は切れた。

比呂志は会社に顔を出してから、とりあえず兄の家に向かった。

兄の家には娘の知寿子が一人留守居をしていて、目に涙を浮かべ比呂志を迎えた。それを見て比呂志は、次の言葉を予想した。そして、ついに来たかと思った。

知寿子は、

「今し方、お父さんから電話があって、お祖母ちゃんが亡くなったらしいの。もうすぐ遺体が帰って来るんだって」それだけ言うと、ワッと泣き伏した。

やがて母の遺体が、もの言わぬ姿で帰ってきた。いつも見る寝顔と同じ静かな顔つきであった。苦しまずに最期を迎えたのであろうか。

今朝のことである。母は食欲がないというので、兄嫁の吉乃姉さんがお粥をつくったら美味しそうに食べていた。ところが急に咳き込んで、お粥が気管支につかえたらしく呼吸困難に陥ったので、救急車を呼んで病院に運んだが、つかえたものを戻す力もなく亡くなったのである。

思えば母は、若い時から内職したり近所に勤めに出たりして家計を支えてきた。気丈なだけに苦労も口にせず頑張ってきた。父がまだ健在な頃に肝臓病を患って黄疸症状が出た。同じ医師にかかり、同じような病状であった近所の人が亡くなったのに、母は奇跡的に回復し生命力を見せつけたこともあった。

その後も身体が辛くても決して口に出さないから、静かに病状は進行していて、無理に病院に連れていった時は、肺結核にかかった形跡もあることが分かった。

体調が悪くなってからは、吉乃姉さんが看護婦であったこともあり、兄の家にいた。比呂志たちが訪れると楽しそうに話しているが、帰ったあと吐血したこともあったらしく、少しの無理もできない身体になっていた。

兄の家は奈良県斑鳩町にあって、竜田川・三室山など周りは万葉の世界であり、法隆寺や中宮寺などお寺も多い。

ある日、母と周辺を散歩しながら近くの吉田寺《きちでんじ》に行ったことがある。ここは通称ポックリ寺と呼ばれていて、お参りすれば安楽にあの世に行ける御利益があるという。

その時、母は独り言のように、

「早く楽になって、お父さんの所に行きたい」と哀しいことを言っていた。今思えば、身体がつらくて苦痛の日々であったに違いない。比呂志が帰った後も吐血したと聞いたが、自分は苦しくても訪ねてきた息子と一緒にいたい、という親心であったのだろう。それをまた切なく思うのである。

母にとって身体のしんどさを耐えるのは過酷な辛さであったと思うが、息子としてはいつまでも生きていてほしいものである。勝手な願望であったのだ。老いても母は母である。学びたいことも山とある。そんな気持ちでずっと見守ってきたが、もう寿命だと天からお呼びがかかったのだから従わねばならない。

比呂志にとって子供の頃に怖かった母への思いは、いつからか今日の自分に育ててくれた「ありがとう」に変わり、そして「安らかに」のこころで送り出したのである。

母は遠い父の所へ旅だった。平成九年三月二十四日、八十八歳のことであった。

年老いてもボケもせず、相変わらず本を読み、話すこともシャキッとしていた。母の年老いてからの姿と、若い頃の元気な姿が比呂志の瞼に重なって浮かんでいた。

比呂志は父と母が亡くなって、ふと思うことがある。

自分の性格、というより性状は、「静かに燃えて」であると見ている。その性状の、「静かに」は父に、「燃えて」は母に、それぞれに教えられて受け継いできたのだと、そんな気がしているのである。

老いて尚　母は母なり　倅には　命の灯火　消えて痛哭

総決算・店じまい

バブル崩壊後の日本経済は低迷を続けている。こんな長期にわたる不況は近年にないものである。

こんな情勢下においても企業も個人も内部留保が豊富なのか、ビジネスにおける接待などはさすがに自粛されているが、出張族で朝の新幹線は相変わらず混んでいるし、産業道路も車両で渋滞している。またアメリカのテロ事件の影響で海外旅行者は減っているけれど、それでも夏休みや五月の連休は出国ラッシュになるなど、世の中は表面的には活気がありそうに見える。バブル期から見れば経済は水面下にあるが、今は不況というより通常の状態と思わないといけないのかもしれない。

少し前まで、こんな見方をしていたが、銀行の不良債権は一向に減少せず、公共事業の圧縮や企業倒産の増加など、徐々に不況が現実化・深刻化し始めてきたのである。

それは他人ごとではなかった。

親会社は、業績が低迷し先行き不透明なこの時期に、サバイバル手段として大幅な機構改革の断行を打ち出した。それは主要三事業分野に資源を集中投入するため、その他分野の事業から撤退するというのである。他分野事業の中には子会社で東証一部上場している企業もあったが、それらを含めて解散、または身売りが図られるとの方針で、現在の業績云々は問わないということであった。

比呂志の所属する会社は解散組に入ることを余儀なくされた。

解散にあたって従業員は出向解除となり、親会社に帰属する。当該事業の継続運営を要望する場合は別会社設立を認めるが、親会社は資本参加をしないとあった。

比呂志は、この年に五十八歳を迎えていた。十年以上も新事業分野（即ち主要三事業分野以外の分野）にいて、今さら親会社の工場に戻っても、定年まであと二年しかなく、自分が魂を入れてやる仕事はないという気はしていた。また、息子の紀代志が自宅を出て独立生計の道を歩いていたこともあって、今は自分のこれからを考えるチャンスだと思っていた。

平成十三年六月に北陸ドリームラックの解散が決定した。親会社の事情でやむなく解散となったが、新事業としては順調に推移してきた。

新事業の一つとして期待された新素材用P機の事業部は、撤退を余儀なくされた。エリートを集め組織体制を確立し必要な投資もした、その結果の撤退である。

一方、比呂志がいる今の事業部は格別に大きな投資もしないで、陣容も中堅クラスの社員で構成されていた。しかも事業の発展に伴って徐々に増強されたものであった。

なぜ二つの事業に行末が別れたのか比呂志は考えてみた。もちろん扱う商品が異なれば環境も対応も変わるので、単純に比較はできないが、各々の事業形態に応じた措置と対応、さらに人材の誘導などに差があったのではないかと思われる。

惜しまれながら事業解散した分、社長と比呂志を除く従業員は親会社の希望の職場に復帰することができた。会社の解散が決定した段階で、否応なく比呂志は自分自身のこれからをどうするか決断を迫られていた。
それで気持ちの整理をつけるために、休暇を取って旅に出ることにした。

旅の終わりに・為すべきことありて

比呂志は三年前に友人から誘われて異業種交流会に参加していた。機械・電機・化学・鉄鋼・電子機器・医療機器などのメーカーや総合商社、専門商社、他に病医院、官庁・役所などいろんな業種の人が参加していた。また職種も開発・営業・管理のほか、医師や学校の先生、社長などもいた。

交流会は年に四回開催されるが、基調講演のあと数組のグループ別にディスカッションを行う。と言っても肩肘張ったものではなく、テーマに沿って各自の体験や考え方をフリーに意見交換するのである。会員間お互いの業種や立場が違うので理解に苦しむ場合もあるが、斬新な意見に感銘させられたことも多い。また、討論会の後には懇親会もあって、お酒が入ることから意見交換の幅はさらに広がりを持つことになる。

比呂志は年に一度の全国交流会に参加したことがある。それは東京で開催されるが、その会場で医療機器開発に携わる斉藤さんと出会った。

斉藤さんは盛岡の在住で、年齢は五十六歳だったが若々しく見えた。たまたま懇親会で同じテーブルについたことがきっかけであったが、息子の紀代志も医療関係の仕事をしていることもあって話題が広がり、また性格的にも似通ったところもあり二人は意気投合した。斉藤さんが近々仕事で京都に行く予定があるというので、ではその時に是非会おうと再会を約束したのである。

十一月初めに再会は実現した。その年の京都の紅葉はもう終わりかけていたが、比呂志は清滝川三尾を案内した。清滝川の渓谷沿いにある三つの山、即ち高尾・槇尾・栂尾に紅葉の名所として名高いお寺、神護寺・西明寺・高山寺があり、真っ赤な楓の紅葉は息を飲む美しさである。

斉藤さんも美しさに見とれていた。盛岡の紅葉は七竈《ななかまど》だそうで、落葉したあとの冬の紅い実もきれいだそうである。

比呂志は七竈のことをあまり知らない。馴染みの薄い木である。その紅葉は見たことがないし、七竈と言えば七度竈に入れないと良い炭にならないほどに燃えにくい堅い木らしいこと。それに京都の葵まつりにおいて、確か下鴨神社であったと思うが、七竈を奉納する神事があると聞いたこと。これくらいしか覚えがなかった。

斉藤さんは、

「京都の街は、千年の歴史の重みがあるし、きれいで食べる物も旨いし感銘しました。また来たいものです」と喜びを表現していた。そして、

「平城山さん。わが故郷の盛岡も落ち着きのあるいい街です。京都とはスケールが違うけれども、是非一度いらっしゃってください」そう言って帰っていった。

あれから一年半になる。ふと斉藤さんのことを思い出していた。

比呂志は、これまで殆ど日本全国と言っていい程あちらこちらと旅をしていた。今はまた、自分を見直すために旅しようとしている。

子供の頃に深く心に刻まれたあの青い麦畑の風景を、もう一度見たいと思ったが、この時期はもう麦秋に入っている。そんな時に斉藤さんのことが過《よぎ》ったのである。

その時点で、今度の旅は東北地方と決めた。東北は緑が多い、それに濃い緑である。十数回も東北を旅したが、なぜか東北に惹かれるのは、この緑の自然に癒される気がしているからかもしれない。素朴な人情の暖かさもあるし、特に岩手は詩人が多く生まれている所でもある。それに、雪絵のことが心のどこかにあったのかもしれない。

春の津軽・弘前城の桜、秋の東北本線・三沢駅ホームのたわわに実ったリンゴの木、白砂

の宮古・浄土ケ浜、角館の武家屋敷、青森・龍飛崎の灯台、奇岩怪石の厳美渓、藤原三代の栄華・中尊寺、民話の遠野・かっぱ淵など、走馬灯のように浮かんでくる。とにかく比呂志は盛岡へ飛んだ。

翌日、比呂志は啄木記念館（生家や歌碑もある）、小岩井農場や網張温泉などを回ったあと、夜になって斉藤さんに電話した。突然の電話に斉藤さんは驚いていたが、それも盛岡からと聞いて二度びっくりされたようであった。その夜は二人で酒を酌み交わしながら、この一年半余りのことを語り合った。

斉藤さんは会社を辞めて、自分で設計事務所を開設すべく準備をしていた。ほとんど目《め》処《ど》がついて、あとは賃借事務所の完成を待つだけの段階らしい。自分で決断し着々と態勢を固めている様子に、しかも謙虚にそれを話す態度に自信の溢れるものを感じ取った。

比呂志が申し出る前に、斉藤さんは自分から明後日なら時間が取れる、と言って案内役をかってくれた。この時期の東北の緑といえば奥入瀬が一番ではないか、と言う斉藤さんの言葉に従って、明後日に奥入瀬渓流から八幡平へまわることにした。比呂志は翌日、花巻の賢治記念館や三度目の中尊寺、それに毛越寺を訪ねた。

次の日の朝、空は晴れ、雲一つなかった。

斉藤さんの車は軽快に東北自動車道を北上していた。大阪の高速道路と違って道中は空いているし、周辺は濃淡の緑に囲まれていた。斉藤さんが、「あれが七竈ですよ」と高速道沿いの樹を指さした。

十和田インターで高速道を降り、山あいの道をくねくねとぬって奥入瀬に到着した。

奥入瀬は長い新緑のトンネルの中を曲がりくねって渓流美を見せていた。清く青い雪解け水は、静かに、時には瀬音高く滔々と流れており、時折吹く風も涼しく、心の中まで沁みいるようで、木々も風もまさに緑の精の如くであった。

八幡平のガマ湖付近には雪が残っていた。山頂付近で見る青森椴《とど》松は低木で、葉先は一方向に向いている。大陸風に吹かれ、樹氷で抑えられる厳しい冬の寒さを物語っていた。

そろそろ帰途に着く時間であった。前方には、沈む夕日を受けた岩手山の秀麗が煉瓦色に染まっていた。斉藤さんの「京都も好きだけど、自然の美しさなら東北ですよ」と言う横顔が、故郷を自慢するかのように誇らしげであった。

比呂志は久しぶりの旅に満足感を味わった。その旅も今終わりを告げようとしていた。そして、これからのことについて、心にある決意が固まり始めていた。

弘前城　桜花の裾に　赤い橋　春らんまんの　花の宴
新緑の　奥入瀬川の　幾曲がり　阿修羅の流れ　瀬音も高く

そして、比呂志は会社を辞めることを決断した。親会社の人事部門は、「平城山さん、それでいいのか」と言ってくれたが、比呂志は今が潮時と判断していたので、定年まで一年を残して辞めることに悔いはなかった。

これからのことについて、比呂志は二つのことを考えていた。

一つは、今の事業は立川社長が引き継ぐ形で会社設立をされていたので、当面は販売の代理店として認めてもらい、もう少し仕事を続けたいと思っていること。

もう一つは、比呂志が以前から考えていた「あること」に取り組むことである。「あること」とは、菊蔵叔父さんの死が何故熊本かの謎を解明することであり、祖母の村上家の酒樽屋廃業後の顚末を解明してみたい、ということである。これには父の家系の再調査も必要となってくる。

それに一つの節目である比呂志自身の六十年の歩みを、自分史としてまとめてみたいという思いもあった。

これらのことは自分の任務のような気がしていた。

来し方を　ふと顧みて　何ごとか　なすべきことの　忘れしことあり

行く末の　幾年月を　けんめいに　取り組めし業　いま目指す時

九　虹のかけ橋

社会の掟・紳士な人々

比呂志が社会人になって丁度四十年になる。この間、会社や取引先および顧客、それに交流会や趣味趣向の場などを通じて様々な人々と接することができた。教えを受けた人、情をかけてくれた人、そして共に汗を流した人、中には喧嘩したままに別れた人もいた。

「今の会社を辞めてうちに来ないか」と誘って頂いたことも何度となくあった。

「うちの会社をつぶす気なのか」と怒鳴られて、理解を求めて通ったことも。

「お陰で窮地を脱したよ」と抱きついて、お礼を言われたことも。

例をあげればきりはないが、人と人との交流には、心を通い合わせることが大切だと実感したこともしばしばあった。だが、中には相手の悪意の魂胆が見えて、黙って交流を断ったこともある。

人となりで言うならば、技術や技能系の人には理屈や叩きあげの根性からくる頑固な人が多く、購買や営業の人は口八丁手八丁で、経理は重箱の隅を突っつく、人事は何か裏面を詮索している、例外はあったが、そんな感覚で接していてほぼ間違いなかった。根は正直でおとなしい人でも、永年その仕事をしていると固まってくる人が多い。

顧客の側では、数字のやりくりにしか焦点を合わせていない人や、売る側の人や商品をまず疑ってかかる人、それにやたらと威張る人など様々である。特に嗜好の分野では酒・女・ゴルフが三大要素で、こちらがタイミングを見計らって対応を考えている時に、露骨に接待を要求してくる客もいた。酒は飲まないが女系は好きだとか、カラオケだけとかいろいろなパターンの客がいるものである。

その専務は東京出身で、学生時代によく京都の東寺へ来たと言う。

東寺といえば、「弘法さん」と呼ばれる縁日を思い出す。弘法さんは毎月二十一日に市がたち、境内に骨董品などの露店がたくさん並んで大勢の人が押し寄せて賑わうのであるが、比呂志には、東寺イコール弘法さんしか頭に浮かばなかった。だから、この専務は弘法大師の教えに共鳴している奇特な人なのかなと思っていた。

ところが、この専務曰く、

「何と言っても京都の東寺といえば、ストリップですよ。関西のえげつないやつをたっぷり見せてくれるので、新幹線に乗って来ても十分元はとれるんだよな。あれはよかった」

と、しみじみと懐かしむように言われた。そして、

「そうなんですよ。私は奇特な人ですよ。観音様を拝みに東京から京都まで通ったのですから。あっはっはあ」と洒落っけを交えて笑い飛ばしていた。

因みに、この専務は紳士然とした東大出のエリートで、大手特約店の次期社長に就任することが決まっている人であった、人の趣味嗜好は見かけでは分からないものだと改めて思った。

顧客との話題においても、政治や経済情勢、それに競馬や野球などは日常の延長戦上で対応できるが、絵画やヨットなどの趣味を持つ人の場合は知ったかぶりもできず、ご教示してもらうにしても、ある程度の事前勉強も必要となる。

また比呂志の接した顧客には、紳士的に対応をされる経営者が多くおられた。鉄鋼業界の特性で系列が整備さているのか、メーカー・商社・特約店いずれもが、一部の例外を除い

ては紳士的な人が多かったというのが実感である。

特約店には一代で今日を築かれた経営者も多く、自分でリヤカーを引いて材料を運んだという苦労時代の話も聞くが、「苦労して叩きあげた成り上がりの人は威張る」の先入観は間違いで、比呂志の接した人たちは例外なく紳士であった。

ああ高校時代・明日を語ろう

比呂志の高校時代の三年間、担任はずっと只野先生であった。彼は数年後に定年を迎えるベテラン教師であった。でも、この頃の比呂志に言わせるならば、この人は教師ではなく、名前の通り「ただのオッサン」であった。

授業中に生徒の質問に答えられずに、「目にゴミが入った」と仮病を使って教室を出たまま帰って来ず、そうかと思うと「儂は、この歳で一千万円貯めた」と自慢するなど、考えようによっては人間臭のあるオモロイ人なのかもしれないが、比呂志は尊敬の念を持ったことがない。あえて尊敬に値するものを言うなら、機械科実習の時のヤスリによる手仕上げが上手であったことぐらいである。

最後に卒業後の進路で悩んでいた時も、まともに相談できる状況にはなかった。

「自分のことは自分で決めよ。俺は知らない」と、まさに名答であった。その通りではあったが、これが教師かとも思った。そばにいた、日頃兄貴分のように尊敬していた貝賀先生が、「俺が話を聞こうか」と、声をかけてくれて、爆発寸前で留まったこともある。

そんなこともあって、卒業後何度も同窓会は開催されたが、「ただのオッサン」がいるうちは絶対参加しないと決めていた。

時が流れて只野先生の訃報が届いた。年月が過去を忘れさせたのか、比呂志は弔意の気持ちをしるした。

それまで何度も声をかけてくれていた若浦会長から、今度こそは参加されたくと同窓会の案内が来たが、東京の国際物流展の出展やプライベートショーの開催期間中であるなど仕事と重なり、また電車内での高血圧の発作直後などの個人的理由もあって参加できずにいた。これまでは自業自得であったが、やはり彼らとは縁がないのかなと思ったりした。

若浦は菱三電機で活躍しているが、彼からの情報で皆の動向はよく分かっていた。それをもとに、仕事のうえで接触した大日本製鉄の都筑や、オリエント製罐の窪木には大変お世話になった。関西ガスの西中やベンチャーの栗畑とも旧交を暖めることができた。その他、何人かと会う機会があったが、皆元気で仕事の鬼のようであった。

同窓会の連中の中には、鉄工所の社長や特許コンサルタント、それに市会議員になった者までいた。また畑違いと言えば、北新地で、「ハテルナ」というスナックを経営している尾西や、平野で小料理屋の店「おぶん」を出している木藤などもいた。残念なのは、浜中がガンで亡くなったことである。彼とは高校時代に能登半島の旅に一緒に行ったが、人一倍元気旺盛な男であっただけに、訃報に接した時は信じられなかった。彼のこと故、かなり無理なこともしていたのかと思われる。

サラリーマンなら、平成十四年に同窓会メンバーの大半は定年を迎えることになる。比呂志はひと足お先に定年退職の形で会社を辞めたが、次の同窓会には是非参加し、これからの人生について皆と語り合いたいと思っている。

わが意気地　思い遙かに　見返れば　力の限り　生きて懐かし

竹馬の友・気になる木はどこへ

比呂志は高校を出たあと、北陸製作所に入社後すぐ宮川市にある会社の寮に入ったこともあり、たまに布引村に帰ってもゆっくりすることがなかったから、中学時代の仲間とは会うこともなく疎遠になっていた。

神岡は大学を出てまもなく養子に行ったと聞いた。今は川田という姓になっている。養子先は焼却炉のメーカーということであったので、それが無公害型焼却炉ならばと興味があって、「どんな商品なのか。おもしろい物なら販売してやろうか」と電話したが、彼は恐縮したように「大した物ではない」と話には乗ってこなかった。

中学時代の友人たちとは疎遠になったが、懐かしい顔は当時のまま脳裏に残っている。あの青い麦に感動した麦畑はもうないけれど、いつの日か皆と一緒に子供の時分に返り、小学校の運動場を駆けてみたいなと、ふと思うことがある。


比呂志は時折子供の頃のことを夢に見る。その夢の中に常連のように登場するのが北田景子である。

彼女は夢の中でも、比呂志とは一歩距離を置いている。二人は親しげに話をしている情景なのに、手が届かない歯がゆいシーンばかり続くのである。それでも先頃、久しぶりの電話でまた会うことの約束はできたのであるが……。

もう何年になるか分からない、かなり以前のことになる。比呂志は布引村に彼女を訪ねたことがある。久しぶりの再会に戸惑ったわけでもないが、その時は取りとめもない話に終始し、まるで夢の中と同じ歯がゆさを現実に味わったこともあった。

彼女は今、仕事でキャリアぶりを発揮しているようである。この時節、厳しい局面に立たされている会社は多いが、彼女の会社も例外ではなく、先頃リストラが断行されたそうである。人員削減の影響で負担が増えて多忙な日々を過ごしているらしく、再会も遠のいてしまった。

彼女とは、そういう儚《はかな》い縁なのだろうと比呂志は思っている。

もう二度と　会えない筈の　人なのに　夢がとりもつ　くしき縁か
幾とせを　いかに過ごせし　おんな道　願いし再会　ゆめのまた夢

北国の女・美しく生きて

少し前に比呂志は、旅先の盛岡の夜、突然で失礼とは思いながら斉藤さんに電話し、結局旅の案内をさせてしまったことがある。

実は、その逆のことが五年前に起きていた。

その日、比呂志が顧客との約束があって会社を出ようとした時、電話が鳴り、事務の女性が電話を取った。

「平城山さん。水沢さんという方からお電話が入っています」の声に、「水沢さんって、まさかあの人ではないだろうな」そう思いながら比呂志が受話器を取ると、

「平城山さん。こんにちは、わたし、水沢雪絵です。ほんとにご無沙汰しております。お元気ですか。今日は突然電話をさしあげて申し訳ありません。お仕事中なのに失礼もかえりみず電話してしまって、ほんとにごめんなさいね。先日から何度かおうちに電話をさしあげたのですけれどお留守だったようで……」と、彼女は話し始めた。この会社の電話番号は、北陸製作所の本社に電話して事情を説明したら、係の方が調べて教えてくださったとのことであった。

まさに、あの人であった。雨宮雪絵である。彼女が福島・二本松へ移ってから、もう三十年余りになる。

始めの三年間、彼女とは毎年一度は会っていた。お互いにアルバイトで得た金をやりく

りして、福島・東京・大阪と、その時の都合で会う場所を決めた。会った彼女はいつも活気があって溌剌としていた。そして会う度に彼女は、比呂志より早く大人になっていくような気がしたものである。そのあとは手紙のやりとりで近況を知らせ合っていたが、二年くらいたった頃からは便りも途絶えていた。きっと彼でも見つけたのだろうと思っていたら、案の定である。久しぶりに届いた手紙には結婚するとあった。その時に教えられたのが水沢という新しい姓である。

手紙には、「今は県立福島厚生病院に看護婦として勤務している。結婚後も看護婦は続けてやっていく」とあった。なんだか浮き浮きしたような文面であったことを覚えている。やっと彼女も幸せになれるのだなと、比呂志は精一杯の祝福の言葉を贈った。

悲しい便りが届いたのは、それから二十五年も過ぎてからである。

「五年前に胃ガンで主人が亡くなった。娘と息子の二人の子供がいるが、当時は二人とも高校生であった。主人の年老いた両親もいる。でも私は仕事を持っているから大丈夫だと自分に言い聞かせ頑張ってきた。あの時平城山さんに話していたら、甘えの気持ちが出て私はただ自分の弱さをさらけ出すだけで、却って途方に暮れていたかもしれない。だから誰にも相談せずに、ここまで一人で頑張ってきたの。おかげさまでやっと今、娘も所帯を持って何とか平穏に暮らしている」

こんな内容のことが書かれていた。彼女らしき一途な苦闘が目に浮かぶようであった。それにしても、乳飲み子の時に父も母も亡くして写真でしか親の顔を知らず、今また子供の父親として大切なこの時期に最愛の夫に先立たれるとは、なんと彼女は身内に縁の薄い人なのだろうか。なんと寂しい運命を背負っているのだろうか。手紙を読み進めるうちに、比呂志は目に涙が滲むのを禁じ得なかった。

その彼女が、いま京都に来ているという。とにかく会って元気な顔を見たかった。その夜は夕食を共にとの約束で、比呂志は待ち合わせ場所の京都ホテルに向かった。

ホテルのロビーで彼女は、若い女性と話していた。

はて、彼女に京都に知り合いでもいたのかなと近づいて、「お久しぶり、ユキ」と懐かしく昔の呼び名で声をかけた。久しぶりに見る顔は、苦労したと聞いた割には元気そうであった。

若い女性は、こちらをむいて「こんばんは」と挨拶をしてきた。その顔を一目見て、ユキの娘だと分かった。

母親に似て色白で、細面の鼻筋の通った爽やかな顔の美人で、名は絵里子と言った。彼女は現代っ子らしく、母親より背が高く一六五センチはありそうだった。有名ブティックに勤め、そこで服飾デザイナーをしているとのことだった。そして、

「平城山さんのことは母からよくお話を伺っています」と言ってニコッと笑った。その笑い顔も、母親の若い頃の「爽やか笑み」そのままだった。

食事をした後、絵里子は買い物をしたいからと、四条河原町のデパートへさっさと一人で行ってしまった。京都は修学旅行とプライベートで来たことがあるから勝手は分かっているらしかったが、きっと本人は二人のために気をきかせたつもりなのであろう。

比呂志たち二人は加茂川の夜風に吹かれ、御池通りを歩いて積もる話に花を咲かせた。何年ぶりであろうか、二人で京都の街を歩くのは。でも年月が二人の背景を変えていた。昔は明日の夢を語り合ったものだったが、今はもっぱら彼女の夫亡き後の奮闘の話に終始した。しかし持ち前の彼女の性格もあって暗い雰囲気はなく、比呂志が一方的に感動させられることばかりであった。二人に二十五年余の空白はなかった。

翌日は天候もよかったし、三人で嵐山から嵯峨野をブラブラ歩いて化野《あだしの》念仏寺から直指庵まで足をのばした。

彼女とは、これが最後かもしれない。もう会うこともないだろうと覚悟した三十年前と

同じ思いで、比呂志は翌日帰路につくという親子と別れた。

ずっと苦労の連続であった彼女にも、娘の結婚でやがては孫も授かるだろう。これからは胸いっぱいに家族愛を満喫してほしいと、比呂志は心で祈っていた。

遠き日に　北国へ去りし　かの君の　便り嬉しくも　また寂しくも
再びの　そぞろの京は　あるまいと　そっと心で　幸せ祈る

兄弟仁義・荒波越えて

父・憲蔵が亡くなった後、兄の芳久仁は時に父親代わりとして、まだ子供であった弟たちの面倒をよくみていた。比呂志を含めて、妹弟は何らかの形で兄の世話になっている。

芳久仁は、何事にも器用な男であった。身近なものでは、天井を南天張りに改造したりガラス器で照明器具を作るなど、家の飾りつけなど職人顔負けである。手先があまり器用でなかった比呂志は、何かにつけて引き合いに出されていた。

母が、「何でこの子は不器用なのかしらね」と言う声を陰で聞いていて、「俺には機会がないだけだから」と比呂志は強がっていたが……。

小学校の工作の時間に模型飛行機を作ることがあった。比呂志は、その器用さに挑戦するチャンスだと力んだが、自分の目で見ても出来映えはよくなかった。

ところが、その紙飛行機は皆と比べてダントツの飛行距離なのである。何度やっても勝った。一気に比呂志の自信は膨らんだ。腹の底で比呂志は、見てくれよりも実質機能だと誇っていた。母は話を聞きながら一応感心してはいたが、複雑な顔をしていたのを覚えている。

芳久仁は若い頃から、音楽に映画に写真にと趣味の幅も広く深く、やりだしたら何でも本職並みで趣味の域を超えるものがあった。昔からクラシック嗜好であったが、斑鳩町に移り住んでからは地の利を活かして遺跡（もっぱら土器）の発掘や古典書を探究し、近頃は第一線から引退後の自由な時間もあって、万葉集の研究に勤《いそ》しんでいる。

姉の董子は、どちらかというと母・志津子に性格が似ていた。表向きはあまりクヨクヨしないし決断も早い。比呂志は母からいつも「お前と董子の気性が反対だったらいいのに」とよく言われていた。内心で「俺には俺の持ち味がある」と比呂志自身は反発していたのであるが。

その姉も結婚してから三人の娘を一人で奮闘して育て上げた。一人でというのは、亭主がグータラで家庭を顧みないところのある男だったからである。董子は今も変わらず竹を割ったような気性であるが、比呂志はきっと内面には違ったものがあって、自分の中で葛藤しているのであろうとみている。

すぐ下の弟・佐智夫は、人のすることに口出しはしない代わりに、自分のことにも口を出されたくない、どちらかというとマイペース人間である。性格は堅実そのもので、結構金を持っている。堅実なようでいて大阪はミナミ界隈に行きつけの店を数件持っており、兄弟の中では「夜の帝王」である。

実は佐智夫は、比呂志と同じ高校を出ている。出身は電機科であるが、どこでどう脇道に入ったのか、郵政局の公務員・一般職となっている。

末弟の善亜紀は末子として、ご多分に漏れずに甘やかされて育ったこともあって、勉強はしない子であった。性格はやさしくおとなしい子で、人に感化されやすかったようである。

高校を卒業すると近鉄系列の会社に入って、レストラン部に配属されたのを機に、急に料理人になりたいと言い出した。洋食のコックになりたいと言うのである。ところが、交通事故を起こしたことで会社を辞めることになった。それでもコックの道は諦めないと、今度は有名レストランに就職し、勉強して調理士免許も取得した。そして、いずれは自分の店を持ちたいと決意も新たに頑張っていた。だが、良かったのはここまでであった。修業時代は合宿生活である。ここに入ると衣食住が保証されている。給料は全部自由になる。それに人に感化されやすい性格も手伝って……と条件はそろっていた。仲間に誘われてギャンブルに手を出し、ズルズルと引き込まれていったのである。

給料は使い果たし、サラ金からも金を借りるような事態に陥った。一度はこれっきりだと言い聞かせて兄弟の持ち寄りで返済した。その時、相談した警察の人が言っていた。

「これは病気です。またサラ金から借りますよ」と。

それが現実となってしまった。それが原因で離婚し、職場も変えてしまって、それからぷっつりと兄弟の前に姿を現さなくなった。兄はもちろん比呂志も弟が出入りしそうな所を探したが、行方は分からなかった。その後、情報があって居所と生活ぶりが分かった。だが、しばらくは何も言わずに、本人が自らの意志で姿を現すまで静観していようと思っている。

きっぱりと　竹割るごとく　差配する　姉の内実　誰ぞ知るらん
弟よ　オーナーシェフの　夢いずこ　目先の欲に　ほだされ潰《つい》え

家族・明日に続く

これまで比呂志が歩んできた六十年の人生の中で、その半分を超える三十三年もの間、苦楽を共にしてきた妻の貞子には感謝している。

比呂志が貞子に、

「早めに会社を定年退職扱いでやめようと思っている」と話したら、

「これまで十分頑張ってきたのだし、やりたいことがあるのなら」と、ただちに理解を示してくれて、反対の言葉は一言も口にしなかった。

比呂志が会社人間であった頃は、家にはただ寝に帰るだけという時が続いた。何時に帰るか分からない夫を待ちながら、朝まで寝ないで待っていることもあった。そんな妻を見ていて、比呂志はストレスをうまく発散してくれればいいなと思いながら、「先に休んでいいよ」と言う程度のことしかできなかった。

そのうち貞子は、家でじっとしていられなくなった。というより、元来働き者であったからであろうと思うが、近所の個人商店の手伝いに行きだした。比呂志は最初、近所の個人商店と聞いて、何か感情の行き違いがあった場合のことを懸念したが、少しでも気が紛れてストレスの解消になるのならいいと、あえて反対しないことにした。

それから貞子はお茶摘みや近所のマーケットなど、いくつもの仕事をしてきた。それでも育児や家事の手を抜くでもなく、驚くほど効率よく時間のやりくりをしていた。身体を壊さないかと心配するが、却って丈夫になったと平気な様子である。

そのうち少し余裕ができてくると、以前からやりたいと思っていたという習い事もするようになった。中には昔やったことへの再挑戦もあった。どんな順番で始めたか分からないが、比呂志が知っているだけでも書道・華道・茶道から和服縫製・着付け・陶芸・手芸などと多彩で、陶芸・手芸などは、友好会を通じてではあるが町の文化祭などの展示会にも出展し始めた。

家の玄関横の小さな庭には、季節の移ろいを見せる花木を植え、家の前の借地で野菜を作るなどしていたが、これらは農家の娘であったことからお手のものであった。

仕事の関係や趣味の関係で交際の範囲が広まってくると、情報も多く集まることになり、リーダシップを発揮する人がいるのであろう、自ずと動く範囲も広くなってきた。

どこで探し出すのか、主婦の特権時間帯である昼間に安くて旨いものを提供する一流店・有名店を見つけては、グルメのサークルを回していた。

これらは夜のコースの半値以下が相場である。夜に比べて質も量も当然レベルダウンしているだろうが、その店の一流の雰囲気を味わい、板前の腕が発揮された良質のものを安く入手できるのである。

阪神大震災などの被災者、特に身障者施設の復興が健常者に比べ遅れており、また困っていることを知っては、有志がサークルを作ってボランティア活動で応援もしている。これは大震災以来七年続いているから本物であると思う。余裕があるからするのではなく、自分たちでできる範囲で身体と時間を使って支援するとの考えである。リーダをしている人の人間性がよく現れている。

例えば、サークルの人たちの手作り品を中心にバザーを開き、その収益を支援金の原資として活動している。その一つが手芸である。中米はパナマにモラ刺繍という民族手芸があり、サークルのメンバーにモラ刺繍の先生がいる。これは珍しい民族手芸だからバザーに出品すれば受けるだろうと、その先生が他のメンバーの何人かにモラ刺繍を教える。教えられたメンバーは、分担してモラ刺繍による手芸品を作るといった具合である。
貞子もモラ刺繍を習った一人で、作品作りに取り組んでいた。

チャリティーバザーの前日などは夜遅くまで手芸品作りに追われていたようである。

牛乳パックによる台座などのアイデア商品もあるが、バザーで買って頂くための目先の変わった物や興味を引かれる物は何か、メンバーの知恵と工夫が織り込まれている。

ボランティアというと一部に売名行為ととる向きもあり、現実にそんな人たちもいるようであるが、このサークルの動きをそばで見ていると、とても献身的で一所懸命である。それでいてオープンであり、文字通り奉仕の精神で取り組んでいるのがよく分かる。神戸市長田区の作業所の人たちとは、相互協力の形で交流しているようである。

貞子のこのような行状は、パートの勤務時間帯以外にグルメ活動やボランテイア活動と、その準備の大半をしていたのである。

だから、比呂志が会社勤務をしている頃はよく分からなかった。会社を退職したあと家にいるときに、貞子の何だか忙しそうに動きまわっているのを見て、初めて大変なのだなと理解した次第である。

動き回っている方が性に合っていると本人は言っているので、それも元気な証拠なのかなど今は努めてそう思うようにしている。

息子の紀代志は、幼児の頃からの動きを見ていると体育会系というか、じっとしてものを考えるより、行動している方が似合っているように思えた。

子供の頃は誰でもそうなのかも知れないが、イベントが大好きで、運動会や学校の催し物には率先して参加していた。

また肉体的にも訓練の賜か、持って生まれたものか、小学校の高学年になると足腰にバネがつき、良い動きをするようになっていた。

ところが努力が足りないのか、根性が足りないのか、常に二番手なのである。

紀代志が中学生になって資格ができ、剣道の初段認定試験を受けた時である。

剣道の初段は中学生になってからしか取得できないが、小学校から剣道をやっていたから誰もが一発通過と思っていたのに、いざ認定試験になると一回目は落選で、二回目の挑戦でやっと合格し、居合い道も初段は二回目で認定してもらえたのである。

陸上競技は短距離走者として、百メートル・二百メートル・四百メートルリレーにエントリーされ、県代表に向け選抜競技に出たが、結果は県代表の補欠で郡部代表止まりとなった。

大学受験においても広島まで受験に出かけたが、目指す志望校には僅差で合格できずに終わっている。

そうかと思うと、就職試験で紀代志は自分なりの根性を示したようである。

就職試験において、指定された面接の召集時間に間に合わず、会場に到着した時には面接は終了していた。半ば諦めの境地で「事故があって電車が遅れた」などと遅刻の理由を説明して、面接官に「お願いだから」と話を聞いてもらった。

結果、後日思わぬ合格通知が届いた。ねじ込みの根性が気に入ったとのことだった。それも第一希望の医療用品メーカーで上場企業でもあり、本人は「よしやった」と思っていたと思う。就職に当たっては誰に感化されたのか、自分で今後の日本は高齢化社会になると踏んで業界の成長を見込んで決めたのか。医療関係にターゲットを絞っていたようである。社会人になるや紀代志は言った。

「俺は自分のことは自分でやる。親に面倒見てもらう気はない」と、当たり前の話だが、そう宣言していた。

そのくせ、最初は飯代だと言って五万円を母親に渡していたが、社会に出てつきあいの範囲が広まってくると金のいることも多くなり、また車も欲しくなってくるのに、自分の給料は全部使い切る生活が続いた。それでどうするのかと、母親はじっと様子を見ていた。車は友人に紹介してもらって買った中古車で我慢していたが、その他は改まる様子もないふうだった。

見かねた貞子は、

「もう学生じゃないのだから、何事も考えて行動するように。自分のことは自分ですると言った筈」と、じんわり責めていた。

しばらくして紀代志は自分でも気づいたのか、

「このままでは、金を使うだけだと思うので、家を出てマンションを借り、自分で生活してみる」そう言いだした。

やがてワンルーム・マンションを見つけてきた。金銭的には間違いなく厳しい生活となるが、この際良い経験になるだろうと、比呂志はそれを認めることにした。

それから一年半になるが、何とかやっているようである。自立に向けて一歩前進したのかと思っている。

本人は、結婚は三十歳が目処と自分で線引きをしているが、マンションに引っ越した翌週末に様子を見に行ったところ、可愛い女の子が部屋の整理や片づけの応援に来てくれていたようである。

比呂志はそれを見て知っていたが、母親の貞子には黙っていた。結婚する気なら息子から言い出すだろうし、その前に母親からあれこれ言われるのはかなわないだろうから、今は男として黙っていてやろうと思ったのである。いずれ結婚のことでバタバタする時が来るであろう。

これまで紀代志は数人の女の子とつき合ってきたようで、家に連れてきた子もいた。親が見て、あの子ならお嫁にいいなと思う子も何人かいた。でも、つきあいが長続きしない。せいぜい一～二年である。あきっぽいのか、わがままのせいか分からないが、一度イヤと思ったら修復する気がないようである。

本人は、多くの人と友達になりたい、縁があればその中から結婚する人が出るという構えのようである。親としては、しばらく見守っているしかないと思っている。

十　あかね雲

西の空が茜色に染まっている。明日もきっと晴れるだろう。この茜色は黄昏色なのであろうか。

人生六十年と言われた昔に比べると、近頃の六十歳は気骨のある人は減ったし、重厚さの点でも一歩譲ると思われる。それは苦労の度合いの差かもしれない。そのせいであろうか、今の六十歳はまだまだ若くて元気なのである。

六十歳は人生の黄昏ではなくて、第二の人生の起点と言えるのでないか。比呂志にとって青い麦畑から永年勤めた会社の退職まで、熟しきれなかったこの六十年は、まさに青い軌跡と呼ぶべきものではなかったかと思えるのである。

この六十年に培った体験と蘊蓄《うんちく》は体力の衰えにとって代わり、新たな夢を構築し実現していく筈である、と自分では思っている。

茜色は黄昏色ではないのである。

キャンバスの茜色は、やがて星が輝く頃にすみれ色に変わり、夜明け前の白々とした時を経て、太陽とともにあの空の青が還ってくる。そこに、第二の人生を起点とした新たな青い軌跡が刻まれるのである。

比呂志には、この六十年でやり残した宿題がある。とりあえずやっておきたいこともある。当面はまず、それをクリアしていきたいと思っている。

一つは、菊蔵叔父さんの「終焉の場が何故熊本なのか?」の解明である。事前調査の段階で分かったことは、「四十八年前の菊蔵叔父さんの死に立ち会った人物が判明したこと。その人は今も存命されているらしいこと」で、糸口が摑めている。

もう一つは、村上家のことである。祖母の実家である村上家の直系は断絶しているらしいが、酒樽屋廃業後にどのような経緯を辿ったのか調べたいし、これは付録であるが、廃業後も相当あったという資産の行方についても調べてみたい。こちらは、事情をよく知っている人が少なく、下調べの段階で難航している。祖母の従妹が大阪の帝塚山に嫁いだらしいという模糊としたものしか分かっていない。あとは、これまでの仕事をもう少し続けながら、念願の本を書きたいと思っている。本のテーマは、日常に潜む人間の本質や悪の心を捉えたもの、それに推理小説などを書きたいと思っているが時間がかかりそうなので、日頃からネタの収拾とアイデアの蓄積などを心がけていきたい。

そして、時には昔の仲間と一献傾けながら語り合いたいと思っている。

妻の貞子には永年苦労をかけたし、希望している海外旅行を考えているが、こちらは積年の病弊である高血圧の状態次第でのことになりそうである。

因みに貞子の海外旅行の経験は、比呂志より豊富である。

いずれもお遊びであるがオーストラリア・ハワイ・タイなどに出かけている。

いくつかの宿題はあるが、それらをやりながら新たな夢探しを始めたいと思っている。

明日から、菊蔵叔父さんの「死地の謎」究明の旅に出るつもりでいるが、その道中の景色を眺めながら、「新たな夢」について、ゆっくり楽しみながら考えてみようと思う。

台風が通り過ぎて、熊本の明日の天候は晴れのようである。有明の海に映えるきれいな茜雲が見られることを期待して、今夜は眠るとしよう。

そんなことを考えているうちに、比呂志はウトウトし始めていた。

やがて深い眠りについたようである。きっと明日の夢でも見ているのであろう。

著者プロフィール

村上 文介（むらかみ ぶんすけ）

昭和17年、大阪生まれ
永年勤めた大手機械メーカーを退職後、自営業の
かたわら執筆活動を始める
現在、京都府在住

静かに燃えて起つ

2003年2月15日 初版第1刷発行

著 者 村上 文介
発行者 瓜谷 綱延
発行所 株式会社文芸社
〒160-0022 東京都新宿区新宿1－10－1
電話 03-5369-3060（編集）
03-5369-2299（販売）
振替 00190-8-728265

印刷所 神谷印刷株式会社

ISBN4-8355-5213-X C0093